La caseta mágica

Norton Juster

Ilustrado por *Jules Feiffer*

Traducción de Alberto Jiménez Rioja

SeaStar Books
NEW YORK

Text © 1961 by Norton Juster
Text © renewed 1989 by Norton Juster
Illustrations © 1961 by Jules Feiffer
Illustrations © renewed 1989 by Jules Feiffer
Translation © 1998 by Alberto Jiménez Rioja

SeaStar Books
A division of North-South Books Inc.

Published in Spanish in the United States by SeaStar Books, a division of
North-South Books Inc., New York. Published simultaneously in Canada by
North-South Books, an imprint of Nord-Süd Verlag AG, Gossau Zürich, Switzerland.
Originally published as The Phantom Tollbooth by Epstein & Carroll Associates, Inc.,
in 1961 and subsequently published by Random House, Inc., in 1964.
Originally published in Spanish as La Cabina Mágica by Grupo Anaya, S. A., Madrid, in 1998.

Library of Congress Cataloging-in-Publication Data is available.

ISBN 1-58717-108-2 (reinforced trade edition)
1   3   5   7   9   RTE   10   8   6   4   2
ISBN 1-58717-109-0 (paperback edition)
1   3   5   7   9   PB   10   8   6   4   2

Printed in U.S.A.

For more information about our books, and the authors and artists who create them,
visit our web site: www.northsouth.com

Para Andy y Kenny,
quienes esperaron con tanta paciencia

Índice

1. Milo

Érase una vez un muchacho llamado Milo que no sabía qué hacer consigo mismo: no sólo a veces, sino siempre.

Cuando estaba en la escuela anhelaba salir, y cuando estaba fuera quería estar dentro. En el camino de regreso a casa deseaba volver a la escuela, y al volver a la escuela sólo pensaba en regresar a casa. A dondequiera que fuera quería estar en otra parte, y cuando llegaba allí se preguntaba por qué se había molestado. En realidad nada le interesaba, y mucho menos las cosas que deberían interesarle.

—Me parece que casi todo es una pérdida de tiempo —se dijo un día mientras caminaba desanimado de la casa a la escuela—. No le veo el caso a aprender a resolver problemas inútiles, a restarles nabos a los nabos, a saber dónde se encuentra Etiopía o cómo deletrear febrero.

Y, como nadie le había explicado lo contrario, pensaba que el proceso de adquisición de conocimientos era la mayor pérdida de tiempo de todas.

Mientras Milo y sus melancólicos pensamientos se apresuraban (porque, aunque nunca ansiaba estar donde iba, le gustaba llegar lo más pronto posible), parecía asom-

broso que el mundo pudiera parecer a veces tan pequeño y tan vacío.

—Y lo peor de todo —continuó con tristeza—, no hay nada que yo pueda hacer, ningún lado a donde quisiera yo ir, ni casi nada que valga la pena ser visto.

Terminó esta última reflexión con un suspiro tan profundo, que un gorrión que cantaba por allí cerca levantó el vuelo sobresaltado y se apresuró a reunirse con su familia.

Sin detenerse ni levantar la vista, iba pasando a toda velocidad por edificios y tiendas que se alineaban en las calles, y en unos minutos llegó a su casa, entró en el portal, cruzó el vestíbulo, se metió en el ascensor, primero, segundo, tercero, cuarto, quinto, sexto, séptimo, octavo y, fuera de nuevo, abrió la puerta del departamento, se precipitó en su habitación, se dejó caer abatido en una silla y rezongó bajito:

—Otra tarde interminable.

Miró displicentemente todas sus cosas. Los libros, tan difíciles de leer, las herramientas que nunca había aprendido a usar, el pequeño automóvil eléctrico que no había conducido en meses…, ¿o era en años? Y cientos de otros juegos y juguetes, y bates y pelotas, y fragmentos y pedazos que aparecían por todas partes. Y entonces, a un lado del cuarto, cerca del tocadiscos, observó algo que nunca había visto.

¿Quién habría dejado un paquete tan grande y tan extraño? Porque, si bien no era rectangular del todo, no era definitivamente redondo, y para su tamaño era mayor que casi cualquier otro paquete grande de escala pequeña que hubiera visto jamás.

Pegado a uno de los lados había un sobre azul claro que decía: PARA MILO A QUIEN LE SOBRA EL TIEMPO.

Por supuesto, si has recibido algún paquete sorpresa puedes imaginarte lo nervioso y emocionado que estaba Milo; y si nunca has recibido ninguno, pon mucha atención, porque quizá algún día lo recibas.

—No me parece que sea mi cumpleaños —se dijo, confuso—; faltan meses para Navidad, no he sido tan bueno, es más, ni siquiera bueno —tuvo que admitir por lo menos ante sí mismo—. Lo más probable es que no me guste ni poco ni mucho, pero como no sé de dónde viene no puedo devolverlo.

Tras pensar un rato en ello se decidió a abrir el sobre, pero sólo por cortesía.

AUTÉNTICA CASETA DE COBRO DE CARRETERA RÁPIDA, señalaba y a continuación se leía:

PARA SER ARMADA EN CASA Y UTILIZADA POR AQUÉLLOS QUE JAMÁS HAN VIAJADO A TIERRAS LEJANAS.

"¿Lejanas de dónde?", pensó Milo y siguió leyendo:

ESTE PAQUETE INCLUYE LOS SIGUIENTES ARTÍCULOS:
Una (1) auténtica caseta de cobro de carretera rápida para armar según instrucciones.

Tres (3) señales de advertencia que se usarán como medida de precaución.

Diversas monedas para las cuotas.

Un (1) mapa actualizado, obra cuidadosa de maestros cartógrafos, que representa características naturales y hechas por el hombre.

Un (1) libro con las normas y un reglamento de tránsito, que no se pueden transgredir ni quebrantar.

Y en letra pequeña, al pie, terminaba:

Los resultados no serán garantizados, pero si usted no está satisfecho del todo, su tiempo perdido será devuelto.

Siguió las instrucciones con cuidado, cortando por aquí, levantando por allí, y doblándolo y sujetándolo todo. Cuando tuvo montada la base desembaló la cabina y la colocó en su plataforma. Puso las ventanas en su sitio y desplegó el tejado, que colocó en su lugar; por último montó la caja de las monedas. Era muy semejante a las casetas que tantas veces había visto en viajes familiares, excepto que era mucho más pequeña y de un inusual color morado.

"Qué extraño regalo", pensó, "por lo menos debieron haber enviado la carretera incluida, ya que sin ésta, me resulta todo esto muy poco práctico".

Pero, como en ese momento no había nada más con lo que quisiera jugar, colocó las tres señales:

BAJE LA VELOCIDAD AL APROXIMARSE A LA CASETA DE COBRO

TENGA LISTA SU CUOTA

TENGA EN MENTE SU DESTINO

Y desplegó lentamente el mapa.

Tal como las instrucciones afirmaban, era un mapa muy bello, en muchos colores, que indicaba caminos principales, ríos y mares, pueblos y ciudades, montañas y valles, intersecciones y desvíos, y sitios de interés natural o histórico.

El único problema era que Milo nunca había oído mencionar los lugares en cuestión, e incluso los nombres le sonaban muy peculiares.

—No creo que exista tal país —concluyó después de estudiarlo detenidamente—. De todas maneras, no importa.

Cerró los ojos y señaló con el dedo un punto del mapa.

—Diccionópolis —leyó Milo lentamente cuando vio lo que su dedo había escogido—. Ni modo, mejor ir ahí que a cualquier otro lado.

Cruzó su habitación y preparó el coche con cuidado. Entonces, tomando el mapa y el libro con las normas, subió de un salto y, a falta de otra cosa mejor que hacer, condujo lentamente hasta la caseta. Mientras depositaba la moneda en su caja pensó esperanzado: "Espero que en realidad este sea un juego interesante, si no lo es la tarde resultará terriblemente aburrida".

2. Más allá de Las Expectativas

De repente, se encontró desplazándose por una carretera desconocida y, al mirar atrás por encima del hombro, ni la caseta ni su habitación, ni siquiera la casa, se veían por ninguna parte. Lo que había comenzado como una fantasía era ahora muy real.

"Qué cosa más rara", pensó (tal como debes de estar pensando tú en este momento). "Este juego va mucho más en serio de lo que creía: viajo por un camino que nunca he visto, voy a un lugar del que nunca he oído ni palabra, y todo por una caseta que vino de ninguna parte. Menos mal que hace un día bonito para viajar", concluyó con buen ánimo, porque, de momento, esto era lo único que sabía con certeza.

El sol brillaba, el cielo estaba despejado y todos los colores que veía le parecían más ricos y más nítidos de lo que podía recordar. Las flores relucían como si las hubieran limpiado y abrillantado, y los altos árboles que bordeaban el camino resplandecían con tonos verdes y plateados.

BIENVENIDO A LAS EXPECTATIVAS, decía una señal rotulada con esmero sobre una pequeña casa al lado del camino.

OFRECEMOS INFORMACIÓN, PRONÓSTICOS Y CONSEJOS CON ALEGRÍA. ESTACIÓNESE AQUÍ Y TOQUE EL CLÁXON.

Así lo hizo Milo, y un hombrecillo vestido con un largo abrigo se acercó con rapidez desde la casa, hablando tan rápido como podía y repitiendo todo varias veces:

—Vaya, vaya, vaya, vaya, vaya, bienvenidos, bienvenidos, bienvenidos, bienvenidos a la tierra de Las Expectativas, a la tierra de Las Expectativas, a la tierra de Las Expectativas. No tenemos muchos viajeros estos días; seguramente no pasarán muchos viajeros estos días. ¿Qué puedo hacer por ti? Soy el Siqueólogo.

—¿Es éste el camino correcto hacia Diccionópolis? —preguntó Milo, un poco desconcertado por el efusivo recibimiento.

—Bien bien, vaya vaya, bueno bueno —comenzó de nuevo—. No sé de ningún camino incorrecto a Diccionópolis, porque si este camino va a Diccionópolis debe ser el correcto, y, si no, debe ser el camino correcto para cualquier otra parte, porque no hay caminos incorrectos a todas partes. ¿Crees que lloverá?

—Creía que era usted meteorólogo —dijo Milo, muy confuso.

—¡Oh, de ningún modo! —exclamó el hombrecillo—. Ser Siqueólogo no significa saber de climatología, porque, después de todo, es más importante saber si habrá tiempo que cómo será el tiempo.

Y diciendo esto soltó una docena de globos, que ascendieron rápidamente.

—Hay que saber hacia dónde sopla el viento —dijo, riéndose de su pequeña broma y viéndolos desaparecer en todas direcciones.

—¿Qué tipo de lugar es Las Expectativas? —inquirió Milo, incapaz de ver la gracia y sintiendo grandes dudas sobre la cordura del hombrecillo.

—Buena pregunta, buena pregunta —exclamó éste—. Las Expectativas es el lugar al que siempre hay que ir antes de llegar a donde vas. Por supuesto, algunos nunca pasan de Las Expectativas, pero mi trabajo es meterles prisa, tanto si les gusta como si no. ¿Y qué puedo hacer por ti?

Antes de que Milo tuviera oportunidad de contestar, se precipitó en la casa y reapareció un momento después con un abrigo distinto y un paraguas.

—Me parece que puedo encontrar mi propio camino —dijo Milo, no del todo seguro de ello.

Pero, como no entendía al hombrecillo en absoluto, decidió que lo mejor sería continuar el viaje, al menos hasta que diera con alguien cuyas frases no parecieran tener un sentido dichas del derecho que del revés.

—¡Espléndido, espléndido, espléndido! —exclamó el Siqueólogo—. Encuentres o no tu propio camino, alguno encontrarás. Si das con el mío, haz el favor de devolvérmelo, porque se perdió hace años. Supongo que a estas alturas estará bastante oxidado. Decías que iba a llover, ¿no?

Y, dicho esto, abrió el paraguas y acompañó a Milo hasta el coche.

—Me alegro que tomes tu propia decisión —continuó—. Por mi parte, aborrezco decidirme sobre cualquier cosa, buena o mala, arriba o abajo, dentro o fuera, llueva o no. Espéralo todo, digo siempre, y así nunca sucede nada inesperado. Ahora, por favor, conduce con cuidado; adiós, adiós, adiós...

Su último adiós quedó ahogado por el enorme estruendo de un trueno, y mientras Milo conducía camino adelante bajo el sol, veía al Siqueólogo de pie y debajo de una nube negra que parecía descargar únicamente sobre él.

El camino penetraba ahora en un amplio valle verde y se estiraba hacia el horizonte. El pequeño automóvil avanzaba con muy poco esfuerzo, y Milo tenía apenas que tocar el acelerador para ir tan rápido como quería. Le alegraba continuar su viaje de nuevo.

—Estuvo bien visitar Las Expectativas, pero hablar con ese hombre tan raro todo el día no me hubiera llevado a ningún lado. Es la persona más peculiar que yo haya conocido —se dijo Milo, sin imaginar siquiera la cantidad de personajes peculiares que en breve iba a conocer.

Como conducía por una carretera tranquila, pronto empezó a soñar despierto y a prestar cada vez menos atención a donde iba. Poco tiempo después no ponía ninguna atención en absoluto y, por ello, al llegar a una bifurcación, Milo se metió por la derecha cuando una señal indicaba la izquierda, siguiendo una ruta que se parecía sospechosamente al camino que no debía seguir.

Las cosas comenzaron a cambiar tan pronto como dejó la carretera principal. El cielo se fue oscureciendo y, al mismo tiempo, el campo pareció perder su color, adquiriendo un tono homogéneo y monótono. Todo era

quietud, y el aire se dejaba sentir pesadamente. Los pájaros sólo cantaban canciones grises y el camino serpenteaba de acá para allá en una serie interminable de curvas ascendentes.

Milla

tras milla

tras milla

tras milla, la marcha se hizo más y más lenta, hasta que el auto apenas avanzaba.

—Parece como si no estuviera llegando a ningún lado —bostezó Milo, somnoliento y aburrido—. Ojalá no me haya equivocado de camino.

Milla

tras milla

tras milla

tras milla, mientras todo se hacía más gris y más monótono. Por fin, el automóvil se detuvo del todo y, por más que lo intentó, Milo no consiguió que se moviera ni un centímetro.

—Me pregunto dónde estoy —dijo Milo en tono muy preocupado.

—Estás... en... El... Te... dio —gimoteó una voz que parecía venir de muy lejos.

Milo miró a su alrededor rápidamente para ver quién había hablado. No había nadie, y todo estaba más calmo de lo que se pueda imaginar.

—Sí..., El... Te... dio —bostezó otra voz.

Pero Milo seguía sin ver a nadie.

—¿Y QUÉ ES ESO DE EL TEDIO? —preguntó a gritos,

intentando por todos los medios ver quién contestaría esta vez.

—El Tedio, mi joven amigo, es el lugar donde nunca sucede nada y donde nada cambia jamás.

Esta vez la voz vino desde tan cerca, que Milo dio un salto de sorpresa porque, sentada en su hombro derecho, había una pequeña criatura (tan ligera que apenas la notaba) del mismo color que su camisa.

—Permíteme que nos presentemos —dijo la criatura—. Somos los Letargones, a tu disposición.

Milo miró en torno suyo y, por primera vez, notó que había docenas de ellos sentados en el automóvil, de pie en

el camino, tumbados en los árboles y matas. Resultaban muy difíciles de ver, porque el color de todo aquello sobre lo que se sentaran o de lo que estuvieran cerca era exactamente el suyo. Todos se parecían mucho entre sí (a excepción del color, por supuesto), y algunos incluso se parecían más a los demás que a sí mismos.

—Encantado de conocerlos —dijo Milo, sin estar demasiado seguro de si se sentía encantado o no—. Pienso que me he perdido. ¿Pueden ayudarme, por favor?

—No se dice "pienso" —dijo otro, sentado sobre uno de sus zapatos, porque el de su hombro se había dormido—. Va contra la ley.

Y bostezó y también se desplomó dormido.

—No se permite pensar en El Tedio —prosiguió otro, empezando a adormilarse.

Según iban hablando, se iban durmiendo; otro continuaba la conversación apenas sin interrupción alguna.

—¿No tienes un libro de normas? Es la ordenanza local 175389-J.

Milo se sacó rápidamente el reglamento del bolsillo, buscó la página, y leyó: "Es ilegal, fuera de la ley y no ético pensar, pensar pensando, hacer conjeturas, suponer, razonar, meditar o especular mientras se encuentra en El Tedio. ¡Quienquiera que rompa esta ley será severamente castigado!"

—¡Es una ley ridícula! —objetó Milo, muy indignado—. ¡Todos piensan!

—¡Nosotros no! —gritaron los Letargones al unísono.

—La mayor parte del tiempo *tú* tampoco —dijo uno amarillo sentando en un narciso—. Por eso estás aquí. No pensabas, y tampoco pusiste atención. La gente que no pone atención suele quedarse empantanada en El Tedio.

Dicho esto se quedó dormido y cayó roncando en la hierba.

Milo no pudo evitar la risa ante el estrafalario comportamiento de la criatura, aunque se dio cuenta de que podía resultar grosero.

—¡Cállate ahora mismo! —ordenó uno de ellos, agarrándose a sus pantalones—. Reír está fuera de la ley. ¿Acaso no tienes el reglamento? Es la ordenanza local 574381-W.

Abriendo el libro de nuevo, Milo encontró la ordenanza 574381-W: "En El Tedio, ante la risa se frunce el ceño y sonreír se permite sólo en jueves alternado. Los que violen esta ley serán duramente penalizados".

—Bien; si no se puede reír ni pensar, ¿qué puede hacerse aquí? —preguntó Milo.

—Cualquier cosa mientras sea nada, y todo mientras no sea cualquier cosa —explicó otro—. Tenemos mucho que hacer y una agenda apretadísima:

"A las 8 en punto nos levantamos, y como si nada.

"De 8 a 9 soñamos despiertos.

"De 9 a 9:30 dormimos nuestra primera siesta de la mañana.

"De 9:30 a 10:30 vagabundeamos y remoloneamos.

"De 10:30 a 11:30 dormimos nuestra segunda siesta de la mañana.

"De 11:30 a 1:00 esperamos el momento para empezar a almorzar.

"De 1:00 a 2:00 nos demoramos y haraganeamos.

"De 2:00 a 2:30 dormimos nuestra primera siesta de la tarde.

"De 2:30 a 3:30 dejamos para mañana lo que pudimos haber hecho hoy.

"De 3:30 a 4:00 dormimos nuestra segunda siesta de la tarde.

"De 4:00 a 5:00 holgazaneamos y haraganeamos hasta la cena.

"De 6:00 a 7:00 nos apoltronamos.

"De 7:00 a 8:00 dormimos nuestra siesta de la noche, y una hora antes de acostarnos (a las 9:00) perdemos el tiempo.

—Como puedes ver, casi no tenemos tiempo para empeñar, empollar, trabajar, o rematar, y si nos paráramos para pensar o para reír, nunca conseguiríamos no hacer algo.

—Quiere usted decir que nunca conseguirían hacer algo —corrigió Milo.

—Nosotros no queremos hacer algo —contestó otro airadamente—. Queremos hacer nada, y eso podemos hacerlo sin su ayuda.

—Ya ves —continuó otro en tono más conciliatorio—, es realmente agotador no hacer nada en todo el día, así que una vez por semana hacemos fiesta y nos vamos a ninguna parte, que es exactamente adonde nos dirigíamos cuando apareciste. ¿Quieres unirte a nosotros?

"¿Por qué no?", pensó Milo, "si de cualquier forma parece que para allá me dirigía".

—Díganme —bostezó, porque también a él le apetecía cada vez más dormir una siestecita—, ¿nadie hace algo aquí?

—Nadie salvo el terrible Cronocán —dijeron a coro dos de ellos, temblando—. Siempre está husmeando para asegurarse de que nadie pierde el tiempo. Un personaje de lo más desagradable.

—¿El Cronocán? —dijo Milo, estupefacto.

—¡EL CRONOCÁN! —gritó otro, desmayándose del susto, porque camino abajo, ladrando furiosamente y levantando una gran nube de polvo, llegaba el mismo perro del que estaban hablando.

—¡CORRAN!

—¡DESPIERTEN!

—¡CORRAN!

—¡AQUÍ LLEGA!

—¡EL CRONOCÁN!

Agudos gritos llenaron el aire mientras los Letargones huían en todas direcciones; pronto no quedó ni uno a la vista.

—¡¡R-R-R-G-H-R-O-R-R-H-F-F!! —gruñó el Cronocán lanzándose hacia el auto, jadeando.

Milo abrió los ojos como platos porque allí, frente a él, se erguía un perro grande con una cabeza perfectamente normal, cuatro patas, una cola… y el cuerpo de un despertador que hacía tictic.

—¿Qué estás haciendo aquí? —preguntó el Cronocán.

—Matar el tiempo nada más —contestó Milo disculpándose—. Verás, yo…

—¡¡¡MATAR EL TIEMPO!!! —rugió el perro. Estaba tan furioso que se le disparó el timbre—. Ya es bastante malo derrochar el tiempo para matarlo encima —tembló sólo de pensarlo—. ¿Por qué has venido a El Tedio? ¿No tienes otro sitio adónde ir?

—Iba hacia Diccionópolis cuando me quedé atascado aquí —explicó Milo—. ¿Puedes ayudarme?

—¡Ayudarte! Tienes que ayudarte tú mismo —contestó el can, dándose cuerda con la pata trasera izquierda—. Supongo que sabes por qué te quedaste atascado.

—Supongo que por no pensar —dijo Milo.

—¡PRECISAMENTE! —gritó el perro mientras sonaba de nuevo su timbre—. Ahora sabes lo que tienes que hacer.

—Me temo que no —admitió Milo, sintiéndose bastante estúpido.

—Veamos —continuó el Cronocán con impaciencia—. Como llegaste aquí por no pensar, parece razonable esperar que, para marcharte, debas empezar a hacerlo.

Y dicho esto subió al auto de un salto.

—¿Te importa si subo? Me encanta pasear en auto.

Milo comenzó a pensar con tanta intensidad como pudo (lo que era muy difícil, ya que no estaba acostumbrado a ello). Pensó en pájaros que nadaban y en peces que volaban. Pensó en la comida de ayer y en la cena de mañana. Pensó en palabras que empezaran con J y números que terminaran en 3. Y, pensando pensando, las ruedas comenzaron a girar.

—¡Nos movemos, nos movemos! —gritó feliz.

—¡Sigue pensando! —le reprendió el Cronocán.

El pequeño automóvil comenzó a ir más y más rápido mientras el cerebro de Milo hervía de actividad, y fueron camino adelante. En unos momentos habían salido de El Tedio y volvían a la carretera principal. Los colores habían recobrado su brillo original y, mientras avanzaban, Milo seguía pensando en toda clase de cosas: en lo fácil que era equivocarse al tomar desvíos y giros, en lo agradable que era avanzar camino adelante y, sobre todo, en cuánto puede hacerse sólo con pensar un poco. Mientras tanto, el can, con el hocico al viento, permanecía sentado sobre su trasero, dejando oír el tictic, vigilante.

3. Bienvenido a Diccionópolis

—Disculpa mi mal carácter —dijo el Cronocán, cuando llevaban ya un buen rato viajando—, pero la ferocidad es tradicional en los cronocanes.

Milo se sentía tan aliviado de haber escapado de El Tedio, que le aseguró al perro que no le guardaba rencor y que, en realidad, le estaba muy agradecido por su ayuda.

—¡Espléndido! —gritó el Cronocán—. Me encanta. Estoy seguro de que el resto del viaje seremos grandes amigos. Puedes llamarme Toc.

—Es un extraño nombre para un perro que hace tictictictictictic todo el tiempo —dijo Milo—. ¿Por qué no te llaman...?

—No lo digas —exclamó el can, con los ojos repentinamente llenos de lágrimas.

—No quería herir tus sentimientos —dijo Milo, que no quería herir sus sentimientos.

—Está bien —dijo el perro, recobrando la compostura—. Es una antigua y triste historia, pero puedo contártela. Cuando nació mi hermano, el primogénito, mis padres, contentísimos, le pusieron inmediatamente Tic por el sonido que esperaban que hiciera. Cuando le dieron cuerda por primera vez descubrieron con horror que, en vez de hacer ticticticticticic, hacía toctoctoctoctoctoc. Aunque se precipitaron a la Oficina de Registros para cambiarle el nombre, era demasiado tarde: ya estaba inscrito oficialmente y nada podía hacerse. Cuando nací yo, decidieron no cometer la misma equivocación dos veces y, como parecía lógico que todos sus niños hicieran el mismo sonido, me pusieron Toc. El resto ya puedes imaginártelo: mi hermano se llama Tic y hace toctoctoctoctoctoc y yo me llamo Toc y hago ticticticticticic, y ambos tendremos que cargar para siempre con los nombres inadecuados. Mis padres estaban tan abrumados, que se negaron a tener más niños y dedicaron sus vidas a hacer buenas obras entre los pobres y los hambrientos.

—¿Pero cómo te convertiste en Cronocán? —interrumpió Milo, cambiando de tema, porque Toc lloraba ahora a moco tendido.

—Eso —dijo, frotándose un ojo con la zarpa— es también una tradición. Los miembros de mi familia siempre hemos sido Cronocanes; pasa de padres a hijos, casi desde el principio de los tiempos. Ya lo ves —continuó, comenzando a calmarse—, antaño no existía el tiempo y la gente lo pasaba fatal. Nunca sabían si tomaban la comida o la cena y siempre perdían los trenes. Así que se inventó el tiempo para que pudieran organizar los días y para que llegaran a los sitios a su debida hora. Cuando comenzaron a contar todo el tiempo disponible, con 60 segundos en un minuto y 60 minutos en una hora y 24 horas en un día y 365 días en un año, parecía como si hubiera mucho más del que nunca podría usarse. Si había tanto, no era muy valioso, era la opinión general, y pronto quedó desprestigiado. La gente lo derrochaba e incluso lo perdía. Entonces nos encargaron que nadie volviera a perder el tiempo —dijo, irguiéndose orgullosamente—. Es un trabajo duro, pero una tarea noble. ¡Porque, ya ves! —se había puesto de pie sobre el asiento, con una pata trasera sobre el parabrisas, y gritaba con las delanteras abiertas en cruz—. ¡El tiempo es nuestra posesión más valiosa, es algo más precioso que los mismos diamantes! Pasa y pasa, no espera a nadie, y...

En este punto del discurso, el automóvil se metió en un bache del camino y el Cronocán se derrumbó como un fardo sobre el asiento con el timbre sonando otra vez a todo dar.

—¿Estás bien? —gritó Milo.

—¡Uummfff! —gruñó Toc—. Siento haberme dejado llevar, pero creo que te has enterado.

Prosiguieron el viaje mientras Toc continuaba explicando la importancia del tiempo, citando a antiguos poetas y filósofos e ilustrando cada punto con gestos que estuvieron a punto de hacerle caer del auto en marcha.

Poco después divisaron a lo lejos las torres y las banderas de Diccionópolis reluciendo al sol, y en pocos momentos habían alcanzado la gran muralla y se detenían frente a la puerta de la ciudad.

—¡A-H-H-H-R-R-E-M-M! —rugió el guardián, aclarándose la garganta y adoptando gallardamente la posición de firmes—. Esto es Diccionópolis, un reino feliz, ventajosa-

mente situado junto a las Colinas de Confusión y acaricia-
do por las suaves brisas del Mar del Conocimiento. Hoy,
por decreto real, es día de mercado. ¿Vienen a comprar o
a vender?

—¿Cómo dice? —interrogó Milo.

—Comprar o vender, comprar o vender —repitió el
guardián con impaciencia—. ¿De qué se trata? Por alguna
razón habrán venido.

—Bueno, yo... —comenzó Milo.

—Vamos, vamos, si no tienes una razón, tendrás por lo
menos una explicación, o tal vez una excusa —le interrumpió el guardián.

Milo sacudió la cabeza.

—Esto es muy serio, muy serio —dijo el guardián, sacudiendo también la cabeza—. No se puede entrar sin una
razón —pensó un momento y continuó—: Espera un
minuto; quizá tenga una usada que puedas utilizar.

Cogió una traqueteada maleta de la garita y comenzó a
buscar revolviendo afanosamente, mientras mascullaba
para sí:

—No..., nada..., nada..., esto no vale..., nada...,
mmm... ¡Ah, ésta es buena! —gritó triunfante, levantando
un pequeño medallón colgado de una cadena.

Al quitarle el polvo pudo verse que en una de sus caras
estaba grabado: "¿POR QUÉ NO?".

—Es razón válida para casi todo; un poquito usado quizá,
pero todavía da buen servicio.

Y, dicho esto, se lo colgó a Milo del cuello, empujó la
pesada puerta de hierro, hizo una profunda reverencia y los
invitó a entrar en la ciudad.

"Me pregunto cómo será el mercado", pensó Milo mientras atravesaban la puerta; pero antes de que tuviera tiempo de contestarse habían entrado en una inmensa plaza repleta de largas filas de puestos atestados de cosas y decorados con bordados de alegres colores. Por encima de sus cabezas un gran estandarte proclamaba:

¡BIENVENIDOS AL MERCADO DE PALABRAS!

Cruzando la plaza, cinco caballeros muy altos y delgados, suntuosamente vestidos con sedas y satenes, zapatos de hebilla y tocados con sombreros emplumados, se precipitaron hasta el automóvil, se pararon de golpe, desfruncieron cinco ceños, tomaron cinco alientos, desenrollaron cinco pergaminos y empezaron a hablar a la vez.

—¡Albricias!

—¡Saludos!

—¡Bienvenidos!

—¡Buenas tardes!

—¡Hola!

Milo los saludó con un movimiento de la cabeza; ellos siguieron leyendo sus rollos de pergamino.

—Por orden de Azaz el Íntegro...

—Rey de Diccionópolis...

—Monarca de las letras...

—Emperador de las frases, las locuciones, y las figuras retóricas...

—Te ofrecemos la hospitalidad de nuestro reino...

—País...

—Nación…

—Estado…

—Estado Libre Asociado…

—Reino…

—Imperio…

—Palatinado…

—Principado…

—¿Significa todo eso lo mismo? —preguntó Milo.

—Ciertamente.

—Seguramente.

—Precisamente.

—Exactamente.

—Sí —contestaron por orden.

—Pues vaya —dijo Milo, sin comprender por qué cada uno decía la misma cosa de manera diferente—. ¿No sería más sencillo usar sólo una? En realidad tendría mucho más sentido.

—Grotesco.

—Fantástico.

—Absurdo.

—Ridículo —dijeron de nuevo a coro, y prosiguieron.

—No estamos interesados en tener sentido; no es nuestro trabajo —refunfuñó el primero.

—Aparte de que —explicó el segundo—, si una palabra es tan buena como otra, ¿por qué no usarlas todas?...

—Así no tienes que escoger la más apropiada —aconsejó el tercero.

—Además de que —suspiró el cuarto—, si una es adecuada, entonces diez son diez veces tan adecuadas.

—Obviamente, no sabe quiénes somos —se mofó el quinto.

Y entonces se presentaron uno por uno:

—El duque de Definición.

—El ministro de Significado.

—El barón de Esencia.

—El conde de Connotación.

—El subsecretario de Comprensión.

Milo agradeció las presentaciones y, mientras Toc gruñía bajito, el ministro explicó:

—Somos los consejeros del rey o, en términos más formales, su gabinete.

—Gabinete —recitó el duque—: 1. sala privada pequeña;

2. mueble con cajones para guardar valores o exhibir curiosidades; 3. sala de consejo para ministros principales del Estado; 4. cuerpo de consejeros oficiales del poder ejecutivo de una nación.

—Ya lo ves —continuó el ministro, inclinándose agradecido hacia el duque—, Diccionópolis es el lugar del que vienen todas las palabras del mundo. Crecen aquí mismo, en nuestros huertos.

—No sabía que las palabras crecieran en los árboles —objetó tímidamente Milo.

—¿Dónde pensabas que crecían? —gritó el conde, muy irritado.

La gente que pasaba comenzó a reunirse para contemplar al chico que ignoraba que las letras crecieran en los árboles.

—Es que no sabía que crecieran —admitió Milo aún más tímidamente.

Algunas personas sacudieron la cabeza con tristeza.

—El dinero no crece en los árboles, ¿verdad? —inquirió el conde.

—He oído que no —respondió Milo.

—Entonces algo tendrá que crecer en ellos. ¿Por qué no las palabras? —exclamó el subsecretario, triunfante.

La gente vitoreó con entusiasmo su exhibición de lógica y volvió a sus asuntos.

—Prosigamos —continuó el ministro, impaciente—. Una vez a la semana, y por Proclama Real, se celebra el mercado de palabras en la plaza mayor: la gente viene de todas partes para comprar las palabras que necesita o para poner en venta las que no haya usado.

—Nuestro trabajo —dijo el conde— es comprobar que todas las palabras vendidas son apropiadas, que nadie vende palabras sin significado. Por ejemplo, si compraras una palabra como *frucmuc*, ¿dónde la usarías?

"Sería difícil", pensó Milo, pero había muchas palabras que eran difíciles, y él sabía apenas unas cuantas.

—Pero nunca decidimos cuáles hay que usar —explicó el barón mientras caminaban hacia los puestos del mercado—, porque mientras signifiquen lo que deben significar no nos preocupa si tienen sentido o no lo tienen.

—Inocencia o magnificencia —agregó el conde.

—Reticencia o displicencia —dijo el subsecretario.

—Parece bastante fácil —dijo Milo, intentando ser cortés.

—Tan fácil como caerse de un tronco —gritó el conde, propinándose un sonoro golpazo.

—¿Siempre tienes que ser tan torpe? —gritó el duque.

—Sólo he dicho que... —empezó el conde, frotándose la cabeza.

—Te hemos oído —dijo el ministro airadamente—, y tendrás que encontrar una expresión menos peligrosa.

El conde se sacudió el polvo mientras los demás se reían a carcajadas.

—Como verás —advirtió el conde—, has de escoger tus palabras con mucho cuidado y estar seguro de decir lo que quieres decir. Y ahora tenemos que irnos, porque somos responsables de los preparativos del banquete real.

—Irás, por supuesto —dijo el ministro.

Pero antes de que Milo pudiera decir nada, abandonaron la plaza tan rápido como habían llegado.

—Diviértete en el mercado —gritó el subsecretario.

—Mercado —recitó el duque—: recinto abierto o cubierto en el cual...

Y eso fue lo último que Milo oyó mientras desaparecían entre la multitud.

—Nunca creí que las palabras pudieran confundir tanto —le dijo Milo a Toc agachándose para rascarle una oreja.

—Sólo cuando usas muchas para decir poco —respondió Toc.

Milo pensó que era lo más inteligente que había oído en todo el día.

—¡Vamos! —gritó—. Echemos un vistazo al mercado. Parece muy divertido.

4. Desorden en el mercado

Al acercarse comprobaron que la diversión no era sólo apariencia. La muchedumbre se empujaba y gritaba entre los puestos de compra y venta, haciendo tratos y regateando. Enormes carretas con ruedas de madera llegaban a la plaza desde las huertas, y largas caravanas que se dirigían a todos los puntos del reino se preparaban para partir. Los sacos y las cajas se acumulaban a la espera de ser entregados a los navíos que cruzaban el Mar del Conocimiento y, a un lado, un grupo de juglares cantaba canciones para la delicia de los demasiado jóvenes o los demasiado viejos para hacer tratos comerciales. Pero sobre el bullicio de la multitud podían oírse las voces de los comerciantes anunciando a gritos sus productos.

—¡Síes y peros fresquísimos, no se quede sin los suyos!

—¡Aquí, aquí, aquí, cómos y cuándos bonitos y maduros!

—¡Vendo jugosas y tentadoras palabras!

¡Cuántas palabras y cuánta gente! Llegaban de todos los lugares imaginables y algunos incluso de más allá, y se afanaban clasificando, eligiendo y atiborrando cajas de cosas. Tan pronto como llenaban una, empezaban con otra. La bulla y la actividad parecían inextinguibles.

Milo y Toc vagabundeaban por los corredores contemplando el maravilloso surtido de palabras en venta. Había palabras cortas y fáciles para uso cotidiano, y largas y muy importantes para ocasiones especiales, e incluso palabras maravillosamente fantasiosas empaquetadas en cajas individuales de regalo para uso en declaraciones y decretos reales.

—¡Acérquense, acérquense! ¡Tengo lo mejor! —anunciaba un hombre con voz resonante.

—¡Acérquense, vengan! Ah, ¿en qué te puedo servir, muchacho? ¿Qué me dices de una bonita bolsa de pronombres... o quizá te gustaría nuestro surtido especial de nombres?

Antes, Milo no había pensado mucho en las palabras, pero tenían tan buen aspecto, que anheló tener algunas.

—¡Mira, Toc! —gritó—. ¿No son maravillosas?

—Están muy bien si tienes algo que decir —respondió Toc con voz cansada, porque le interesaba mucho más encontrar un hueso que comprar nuevas palabras.

—Si compro unas cuantas, quizá podría aprender a usarlas —dijo Milo, ansioso, mientras se ponía a escoger palabras en el puesto.

Por fin eligió tres que le parecieron en especial buenas: "lodazal", "estupefacto" y "tapicería". No tenía ni idea de lo que significaban, pero le sonaban enormes y elegantes.

—¿Cuánto cuestan? —preguntó, y cuando el hombre cuchicheó la respuesta se apresuró a devolverlas a su estante y reanudó su camino.

—¿Por qué no te llevas unas libras de felices? —aconsejó

el vendedor—. Son mucho más prácticas, y resultan muy útiles para feliz cumpleaños, felices Pascuas, feliz Año Nuevo, y feliz tú que puedes.

—Me gustaría mucho —comenzó Milo—, pero...

—O quizá te interese un paquete de buenos; son siempre prácticos para buenos días, buenas tardes, buenas noches, y bueno está lo bueno —sugirió.

Milo estaba deseando comprar algo, pero el único dinero que tenía era la moneda que necesitaba para cruzar la caseta de regreso, y Toc, por supuesto, no podía darle más que la hora.

—No, gracias —contestó Milo—. Sólo estábamos mirando.

Y continuaron su camino.

Cuando salían del último pasillo de puestos, Milo observó una carreta que parecía diferente del resto. En uno de sus costados ostentaba un letrero cuidadosamente pintado que decía: HÁGALO USTED MISMO. Adentro había veintiséis cajas llenas de todas las letras del abecedario, de la A a la Z.

—Son para los que les gusta hacer sus propias palabras —le informó el encargado—. Puedes escoger un surtido que te guste o comprar una caja especial completa con todas las letras, los signos de puntuación y un manual de instrucciones. Toma, prueba una A; están muy buenas.

Milo mordisqueó la letra con cuidado y descubrió que era dulce y estaba deliciosa; una A no podía saber de otro modo.

—Sabía que te gustaría —rió el hombre de las letras, echándose dos G y una R a la boca y dejando que el jugo le corriera por la barbilla—. Las aes son nuestras letras más populares. No todas son tan buenas —le confió en voz baja—. Piensa en la Z, por ejemplo, tan seca y polvorienta. ¡Y la X! Oye, sabe como una bocanada de aire rancio; por eso casi nadie las usa. Pero la mayoría son bastante sabrosas. Prueba algunas más.

Le dio a Milo una I, helada y refrescante, y a Toc una ligera y crujiente C.

—La mayoría de la gente es demasiado perezosa para hacer sus propias palabras —continuó—, pero es mucho más divertido.

—¿Es difícil? No soy muy bueno haciendo palabras —admitió Milo, escupiendo las pepitas de una P.

—Quizá yo pueda serle de alguna ayuda, a-y-u-d-a —zumbó una voz desconocida. Milo levantó la cabeza y vio una abeja enorme, de por lo menos dos veces su tamaño, sentada en lo alto de la carreta.

—Soy la Ortoabeja —anunció la Ortoabeja—. No se alarmen, a-l-a-r-m-e-n.

Toc se había metido debajo del vagón, y Milo, que no sentía una afición inmensa por las abejas de tamaño normal, comenzó a retroceder lentamente.

—Puedo deletrear cualquier cosa, c-o-s-a —se pavoneó la abeja, probando sus alas—. ¡Ponme, ponme a prueba!

—¿Puede deletrear adiós? —sugirió Milo mientras continuaba retrocediendo.

La abeja se echó a volar y se puso a dar perezosas vueltas sobre la cabeza de Milo.

—Quizá, q-u-i-z-á, sufres el malentendido, m-a-l-e-n-

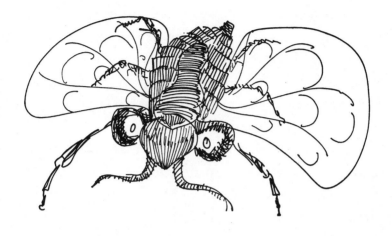

t-e-n-d-i-d-o, de que soy peligrosa —dijo, realizando una elegante espiral hacia la izquierda—. Déjame asegurarte, a-s-e-g-u-r-a-r-t-e, que mis intenciones son pacíficas —y, dicho esto, se sentó de nuevo en lo alto del vagón y empezó a abanicarse con un ala—. Ahora —jadeó—, piensa en la palabra más difícil que se te ocurra y la deletrearé. ¡Date prisa, date prisa! —exigió, dando saltos arriba y abajo con impaciencia.

"Parece lo suficientemente amistosa", pensó Milo, sin sentirse demasiado seguro de hasta qué punto se suponía que tenía que ser amistosa una abeja amistosa, y tratando de pensar una palabra muy difícil.

—Deletree vegetales —sugirió, que siempre le daba problemas en la escuela.

—Ésa es difícil —dijo la abeja, guiñándole el ojo al hombre de las letras—. Vamos a ver..., mmmmmm... —frunció el ceño, se enjugó la frente y se puso a andar lentamente arriba y abajo por el techo de la carreta. ¿Cuánto tiempo tengo?

—¡Sólo diez segundos! —gritó Milo agitadamente—. Cuéntalos, Toc.

—Vaya, vaya, vaya, vaya —repitió la abeja, que seguía andando, ahora con nerviosismo.

Entonces, cuando el plazo estaba a punto de concluir, deletreó v-e-g-e-t-a-l-e-s a toda velocidad.

—¡Bien! —gritó el hombre de las letras, y todos aplaudieron.

—¿Puede deletrear cualquier palabra? —preguntó Milo, admirado.

—Más o menos —contestó la abeja con un indicio de orgullo en su voz—. Ya ves, hace años era sencillamente una vulgar abeja que se ocupaba de sus asuntos, oliendo flores todo el día, y de vez en cuando trabajaba medio tiempo detrás de las orejas de la gente. Un día me di cuenta de que nunca llegaría a nada sin una educación y, dado que tengo un talento natural para la ortografía, decidí que...

—¡TONTERÍAS! —gritó una voz resonante.

Y de atrás de la carreta salió un insecto enorme parecido a un escarabajo y vestido con abrigo chillón, pantalón de rayas, chaleco a cuadros, polainas y bombín.

—¡Déjenme repetirlo! ¡TONTERÍAS! —gritó de nuevo, balanceando el bastón y haciendo chasquear los talones en el aire—. Vamos, vamos, no sean maleducados, ¿nadie va a presentarme al muchacho?

—Este —dijo la abeja, hablando con absoluto desdén— es el Embaucador. Un tipo muy desagradable.

—¡BOBADAS! ¡Todos aman al Embaucador! —gritó—. Como le decía al rey el otro día…

—¡Jamás has hablado con el rey! —gritó airadamente la abeja. Y, volviéndose hacia Milo, añadió—: No creas una palabra de lo que diga este viejo tramposo.

—¡SANDECES! —contestó el Embaucador—. Somos una familia antigua y noble, honrados hasta la médula. *Insecticus embaucadorium*, si se me permite usar el latín. Qué demonios, peleamos en las cruzadas con Ricardo Corazón de León, cruzamos el Atlántico con Colón, recorrimos las rutas de los pioneros americanos, y muchos miembros de la familia tienen hoy cargos destacados en todo el mundo. La historia está llena de Embaucadores.

—Un pulido discursito, d-i-s-c-u-r-s-i-t-o —se mofó la abeja—. ¿Por qué no te largas? Me limitaba a explicarle al muchacho la importancia de una buena ortografía.

—¡BAH! —dijo el insecto, echándole a Milo un brazo por el hombro—. Tan pronto como aprendes a deletrear una palabra, te piden que deletrees otra. Nunca te pones al día, así que… ¿por qué molestarse? Acepta mi consejo,

muchacho, y olvídate de ello. Como mi ta-ta-ta-rabuelo George Washington el Embaucador solía decir...

—¡Usted, señor —gritó la abeja muy agitadamente—, es un impostor, i-m-p-o-s-t-o-r, incapaz de deletrear ni su nombre siquiera!

—¡La servil sumisión a la composición de las palabras es señal de un intelecto insolvente! —rugió el Embaucador, blandiendo su bastón con furia.

Milo no tenía ni idea de lo que quería decir, pero pareció enfurecer a la Ortoabeja, que descendió volando y le quitó el sombrero propinándole un golpe con un ala.

—¡Tenga cuidado! —gritó Milo mientras el Embaucador blandía su bastón de nuevo, alcanzando a la abeja en una pata y derribando una caja de W.

—¡Mi pata! —se quejó la abeja.

—¡Mi sombrero! —exclamó el Embaucador.

Y comenzaron a pelearse.

La Ortoabeja zumbaba peligrosamente entrando y saliendo del alcance del bastón del Embaucador; uno y otra cruzaban amenazas, y la muchedumbre retrocedió poniéndose fuera de peligro.

—Ha de haber otra manera de... —comenzó Milo. Luego gritó—: ¡CUIDADO! —pero era demasiado tarde.

El Embaucador, furioso, tropezó con uno de los puestos provocando un tremendo estrépito y derribándolo, y luego otro, y otro, y otro, hasta que todo el mercado estuvo patas arriba y el suelo quedó cubierto por un revoltijo de palabras.

La abeja, que se había enredado en unos hilos, cayó a tierra, derribando a Milo, y allí se quedó gritando:

—¡Socorro! ¡Auxilio! ¡Tengo un muchacho sobre mí!

El Embaucador estaba tendido desgarbadamente sobre un montículo de letras aplastadas; Toc, con el timbre sonando sin cesar, yacía enterrado bajo una pila de palabras.

5. Boleta

—¡Hecho lo que has mira! —gritó airadamente uno de los vendedores.

Quería decir "Mira lo que has hecho", pero las palabras se habían mezclado tan inextricablemente, que nadie decía nada con sentido.

—¡Qué nosotros hacer vamos a! —se quejó otro, mientras todos intentaban poner un poco de orden con la mejor voluntad.

Durante varios minutos nadie pronunció una frase inteligible, lo que aumentó mucho la confusión. Tan pronto como se pudo, sin embargo, se enderezaron los puestos y las palabras fueron barridas formando un montón grande para clasificar.

La Ortoabeja, muy trastornada por todo el asunto, se había largado volando, y mientras Milo se ponía en pie apareció toda la fuerza policial de Diccionópolis, haciendo sonar estridentemente su silbato.

—Ahora llegaremos al fondo de esto —oyó decir a alguien—. Aquí viene el oficial Boleta.

El policía más bajo que Milo jamás hubiera visto cruzaba la plaza a zancadas. Medía apenas dos pies de alto, casi el

doble de ancho, y vestía un uniforme azul, guantes y cinturón blancos, una gorra con visera, y tenía una expresión muy fiera. Siguió soplando el silbato hasta que tuvo la cara rojo remolacha, parándose sólo para gritar: "¡Culpable! ¡Culpable!", a todos los que se cruzaban en su camino.

—¡Nunca he visto a nadie tan culpable! —dijo al llegar a donde estaba Milo.

Entonces, volviéndose hacia Toc, que todavía sonaba muy fuerte, dijo:

—¡Apaguen ese can! ¡Es irrespetuoso tocar el timbre en presencia de un policía!

Tomó cuidadosas notas en su libreta negra y se puso a caminar arriba y abajo, con las manos a la espalda, mientras inspeccionaba las ruinas del mercado.

—¡Muy bonito, muy bonito! —dijo frunciendo el ceño—. ¿Quién es el responsable de todo esto? ¡Hablen, o los arresto a todos!

Hubo un largo silencio. Como nadie había visto realmente lo que había sucedido, nadie habló.

—¡Tú! —dijo el policía, señalando con dedo acusador al Embaucador, que se arreglaba la ropa y se enderezaba el sombrero—. Me pareces sospechoso.

El Embaucador, sobresaltado, bajó el bastón y contestó nerviosamente:

—Déjeme asegurarle, señor, por mi honor de caballero, que fui meramente un inocente circunstancial, que se ocupaba de sus asuntos, alguien que disfrutaba de los estimulantes sonidos y vívidas imágenes del mundo del comercio, cuando este jovencito...

—¡Ajá! —interrumpió el funcionario Boleta, haciendo

otra anotación en su librito—. Tal como yo pensaba: los chicos tienen siempre la culpa de todo.

—Perdóneme —insistió el Embaucador—, pero de ninguna manera quiero que usted infiera que...

—¡SILENCIO! —tronó el policía, irguiéndose en toda su estatura y escrutando amenazadoramente al aterrado insecto—. Y ahora —continuó, hablando con Milo—, ¿dónde estabas la noche del veintisiete de julio?

—¿Y eso qué tiene que ver? —preguntó Milo.

—¡Pues que es mi cumpleaños, eso! —dijo el policía anotando en su libreta: "Olvidó mi cumpleaños"—. Los chicos siempre olvidan los cumpleaños de los demás. Has cometido los siguientes delitos —continuó—: posesión de cronocán no autorizado, inicio de desórdenes, derribo de puestos, desmenuzamiento de palabras y otros estragos.

—¡A ver qué va a ser esto! —gruñó Toc airadamente.

—Y ladrido ilegal —agregó, mirando ceñudo al Cronocán—. Va contra la ley ladrar sin usar el ladridómetro. ¿Preparado para la sentencia?

—Sólo un juez puede sentenciarme —dijo Milo, que recordaba haberlo leído en uno de sus libros escolares.

—Bien dicho —contestó el policía, quitándose la gorra y poniéndose una larga túnica negra—. Soy también juez. Y bien, ¿te gustaría una sentencia larga o corta?

—Una corta, si tiene la bondad —rogó Milo.

—Bueno —dijo el juez, golpeando su mazo tres veces—. Siempre me cuesta recordar las largas. ¿Qué te parece "Yo soy"? Ésta es la sentencia más corta que me sé.

Todos convinieron en que era una sentencia muy justa, y el juez continuó:

—Habrá también una pequeña pena adicional de seis millones de años de cárcel. Caso cerrado.

Dio un nuevo golpe con el mazo.

—Vengan conmigo; los llevaré a la mazmorra.

—Sólo un carcelero puede meterme en la cárcel —objetó Milo, citando el mismo libro.

—Bien dicho —dijo el juez, quitándose la toga y sacando un gran manojo de llaves—. También soy carcelero.

Y sin decir más se los llevó.

—Mantén la cabeza alta —gritó el Embaucador—. Quizá te quiten un millón de años por buena conducta.

La pesada puerta de la prisión se abrió lentamente y Milo y Toc siguieron al oficial Boleta por un corredor largo y oscuro iluminado por ocasionales velas oscilantes.

—Miren por donde pisan —advirtió el policía al iniciar el descenso por una empinada escalera de caracol.

El aire era malsano y húmedo —olía como a cobijas mojadas—, y las macizas paredes de piedra se sentían viscosas al tacto. Bajaron y bajaron hasta llegar a otra puerta de aspecto más pesado y fuerte que la primera. Una telaraña se le pegó a Milo en la cara, provocándole un escalofrío.

—Ya verás cómo no se está mal aquí —cloqueó el policía mientras corría el cerrojo y empujaba la puerta, que se abrió entre crujidos—. No hay mucha compañía, pero siempre puedes charlar con la bruja.

—¿La bruja? —dijo Milo, estremecido.

—Sí, lleva aquí mucho tiempo —dijo, avanzando por otro pasillo.

En unos minutos más habían atravesado otras tres puertas, cruzado una estrecha pasarela, bajado dos corredores y

otra escalera, para detenerse por fin frente a la puertecilla de una celda.

—Hemos llegado —dijo el policía—. Todas las comodidades del hogar.

La puerta se abrió, se cerró, y Milo y Toc se encontraron en una celda abovedada con dos ventanas minúsculas a media altura del muro.

—Los veré en seis millones de años —dijo el oficial Boleta.

Y el sonido de sus pasos se fue debilitando hasta que se apagó por completo.

—Esto es serio, ¿no, Toc? —dijo Milo muy apesadumbrado.

—Sin duda —contestó el can, olfateándolo todo para hacerse una idea de sus nuevos aposentos.

—No sé qué vamos a hacer en todo este tiempo; no tenemos ni un juego de damas ni unos tristes lápices de colores.

—No te preocupes —gruñó Toc, levantando una zarpa con gesto tranquilizador—, algo saldrá. ¿Quieres darme cuerda, por favor? Comienzo a pararme.

—¿Sabes una cosa, Toc? —dijo Milo mientras le daba cuerda al perro—. Si mezclas las palabras o no sabes escribirlas, puedes meterte en líos bastante gordos. Si alguna vez logramos salir de aquí, voy a aprendérmelas bien todas.

—Una ambición muy laudable, joven —dijo una vocecilla al otro lado de la celda.

Milo, muy sorprendido, notó por primera vez, en la semipenumbra de la celda, la presencia de una dama entrada en años y de aspecto agradable que tejía sosegadamente mientras se balanceaba en una mecedora.

—Hola —dijo.

—¿Cómo estás? —contestó ella.

—Tenga mucho cuidado —aconsejó Milo—. Por aquí cerca anda una bruja.

—Soy yo —contestó la anciana sin darle importancia, ajustándose el mantón en torno a los hombros.

Milo, asustado, saltó hacia atrás agarrando a Toc para que el timbre no sonara, porque sabía cuánto odian las brujas los ruidos fuertes.

—No se asusten —rió ella—. No soy una bruja; soy una Ruja.

—Oh —dijo Milo, incapaz de decir nada más.

—Soy la Vagamente Macabra, la no-tan-malvada Ruja —prosiguió—, y pueden tener la seguridad de que no voy a hacerles daño.

—¿Qué es una Ruja? —preguntó Milo, separándose de Toc y acercándose un poco.

—Bueno —dijo la anciana, mientras una rata le pasaba por los pies—, soy la tía abuela del rey. Durante años mi misión fue elegir las palabras que debían usarse en todas las ocasiones, cuáles decir y cuáles no decir, cuáles escribir y cuáles no escribir. Como bien puedes imaginarte, con tantos miles para escoger, era un trabajo de gran importancia y responsabilidad. Recibí el título de "Ruja Oficial", que me hizo sentir muy orgullosa y feliz.

"Al principio no escatimé esfuerzos para asegurarme de que sólo se usaban los vocablos más apropiados y pertinentes. Todo se decía con claridad y sencillez y no se derrochaban palabras. Pegué carteles por todo el palacio y el mercado que decían:

La brevedad es el alma del ingenio

"Pero el poder corrompe, y pronto me hice mezquina y elegí menos y menos palabras, tratando de guardar tantas como era posible para mí. Hice pegar nuevos carteles que decían:

Una palabra mal elegida
es la mensajera del necio

"Pronto comenzaron a disminuir las ventas en el mercado. La gente tenía miedo de comprar tantas palabras como antes, y el reino conoció tiempos duros. Pero mi mezquindad siguió aumentando. A la sazón elegía tan pocas palabras que apenas podía decirse nada, e incluso la charla insustancial se hizo difícil. Mis nuevos carteles decían:

Habla cuando debas o cállate la boca

"Y por fin los sustituí por otros que afirmaban:

El silencio es oro

"Las conversaciones cesaron por completo. No se vendía ni una palabra, el mercado cerró, y la gente quedó pobre y desconsolada. Cuando el rey vio lo que había sucedido, se enfureció y me metió en esta mazmorra donde me ves hoy, más vieja y más sabia.

"Todo sucedió hace muchos años —continuó ella—, pero nunca nombraron una nueva Ruja, lo que explica por qué hoy la gente usa tantas palabras como puede y se cree listísima por ello. Hay que recordar siempre que, si está mal usar pocas, a menudo suele ser mucho peor usar demasiadas.

Cuando hubo terminado, suspiró hondamente, palmeó el hombro de Milo con suavidad y empezó a tejer una vez más.

—¿Y no ha salido de aquí desde entonces? —preguntó Milo, compadecido.

—No —dijo ella con tristeza—. La mayoría de la gente me ha olvidado por completo o me recuerda injustamente como una bruja, no como una Ruja. Pero no importa, no importa —prosiguió con aire desdichado—, porque se asustan igualmente de unas y de otras.

—No me parece que asuste —dijo Milo, y Toc meneó el rabo en muestra de acuerdo.

—Muchas gracias —dijo Vagamente Macabra—. Pueden llamarme Tía Macabra. Vamos, prueba unos signos de puntuación —y sacó una caja de interrogantes, puntos, comas, y signos de admiración revestidos de azúcar—. Es todo lo que tengo para comer.

—Cuando consiga salir de aquí, la ayudaré —declaró Milo enérgicamente.

—Qué considerado —contestó ella—; pero lo único que puede ayudarme es el regreso de Rima y de Razón.

—¿El regreso de qué? —preguntó Milo.

—De Rima y de Razón —repitió ella—; pero es otra historia larga, y tal vez no quieras oírla.

—¡Queremos, queremos! —ladró Toc.

—Nos encantaría —convino Milo, y la Ruja, meciéndose despacito, les contó la siguiente historia.

6. La historia de Vagamente Macabra

Hace mucho tiempo, esta tierra era un desierto yermo y temible cuyas altas montañas rocosas guarecían vientos aviesos y cuyos valles estériles a nadie daban cobijo. Lo poco que crecía brotaba doblado y retorcido y daba frutos tan amargos como el ajenjo. Lo que no era baldío era desierto, y lo que no era desierto era roca, y los demonios de la oscuridad hicieron su hogar en las colinas. Malvadas criaturas vagabundeaban por los campos y llegaban hasta el mar: hablamos de la llamada Tierra Nula.

Un día, un pequeño navío apareció sobre el Mar del Conocimiento. A bordo iba un joven príncipe en busca de futuro. En nombre de la bondad y la verdad, reclamó todo el país e inició la exploración de sus nuevos dominios. Los demonios, los monstruos y los gigantes se encolerizaron por su presunción y se agruparon para echarlo. La tierra tembló con la batalla y, cuando todo hubo terminado, al príncipe le quedó solamente un pequeño pedazo de tierra al borde del mar.

—Construiré aquí mi ciudad —declaró, y así lo hizo.

Poco tiempo después arribaron más navíos cargados de colonos y la ciudad creció y empujó sus límites más y más.

Cada día se renovaban los ataques, pero nada podía destruir la nueva ciudad. Y siguió creciendo, creciendo, aunque ya había dejado de ser sólo una ciudad; se había convertido en un reino, y se llamó el reino de Sabiduría.

Pero, al otro lado de las murallas, no todo era seguro, y el nuevo rey hizo votos de conquistar la tierra que era legítimamente suya. Cada primavera partía al frente de su ejército y cada otoño volvía, y año tras año el reino se hacía más grande y más próspero. Se casó, y muy pronto sus dos hijos se convirtieron en estupendos jóvenes, a quienes enseñó todo cuanto sabía para que un día pudieran gobernar sabiamente.

Cuando los muchachos se hicieron hombres, el rey los llamó y les dijo:

—Me estoy haciendo viejo y no me siento con fuerzas

para salir a pelear. Tomen mi lugar y funden nuevas ciudades, porque el reino de Sabiduría tiene que crecer.

Y así lo hicieron. Uno se fue hacia el sur, a las Colinas de Confusión, y construyó Diccionópolis, la ciudad de las palabras; y otro se fue hacia el norte, a las Montañas de Ignorancia, y construyó Digitópolis, la ciudad de los números. Ambas ciudades florecieron e hicieron retroceder a los demonios todavía más. Pronto, otras ciudades y pueblos se fundaron en las nuevas tierras, y por último estas terribles criaturas quedaron confinadas en las zonas más remotas de los territorios sin civilizar, y allí esperaron, listas para abalanzarse sobre quien se aventurara en sus proximidades o bajara la guardia.

Los dos hermanos, sin embargo, estaban contentos de que sus vidas discurrieran por separado, porque eran celosos y suspicaces por naturaleza. Cada uno trataba de superar al otro, y se esforzaron tanto y con tanta diligencia, que sus ciudades no tardaron mucho en rivalizar con Sabiduría en tamaño e importancia.

—Las palabras son más importantes que la sabiduría —decía uno en privado.

"Los números son más importantes que la sabiduría", pensaba el otro para sí mismo.

Y crecieron detestándose el uno al otro más y más.

El viejo rey, sin embargo, que nada sabía de la animosidad de sus hijos, era muy feliz en el crepúsculo de su reinado y pasaba los días paseando sosegadamente, con ánimo contemplativo, por los jardines reales. Su única queja era no haber tenido nunca una hija, porque amaba a las niñas tanto como a los niños. Un día, mientras paseaba por sus jardines, descubrió a dos bebés abandonados en una canasta debajo de una parra. Eran dos hermosas niñas de cabellos dorados.

El rey se sentía en extremo feliz.

—Me han sido enviadas para coronar mi vejez —gritó.

Y llamó a la reina, a sus ministros, al personal de palacio y, desde luego, a todo el pueblo para que las vieran.

—Llamaremos a ésta Rima, y a esta otra, Razón —dijo.

Y fue así como se convirtieron en la princesa Dulce Rima y en la princesa Razón Pura y se criaron en el palacio.

Finalmente, cuando el viejo rey murió, el reino se dividió entre sus dos hijos, con la provisión de que ambos serían responsables del bienestar de las jóvenes princesas. Un hijo se fue al sur y llegó a ser Azaz, el íntegro rey de Diccionópolis, y el otro se fue al norte y se convirtió en el Matemago, señor de Digitópolis; y, fieles a su palabra, se cuidaron de que a las niñas, que continuaron viviendo en Sabiduría, no les faltara nada.

Todos querían a las princesas a causa de su gran belleza, sus maneras corteses, y su capacidad para resolver las disputas justa y razonablemente. La gente con problemas, quejas o agravios llegaba de todas partes buscando consejo, e incluso los dos hermanos, que en esa época peleaban sin cesar, las llamaban a menudo para que los ayudaran a decidir en asuntos de Estado. Todo el mundo coincidía en que "Rima y Razón lo resolvían todo".

Con el correr de los años, los hermanos se distanciaron más y más, y sus respectivos reinos se hicieron cada vez más ricos y más grandiosos. Sus disputas, sin embargo, eran más y más difíciles de apaciguar. Pero siempre, con amor y paciencia, las princesas conseguían enderezar las cosas.

Un día tuvieron la discusión más terrible de todas. El rey Azaz se empeñó en que las palabras eran mucho más

importantes que los números y que, por tanto, su reino era sin discusión el primero, y el Matemago sostenía que los números eran mucho más importantes que las palabras, y que desde ese momento en adelante su reino era el supremo. Debatieron y discutieron y desvariaron y despotricaron hasta casi llegar a las manos, cuando se decidió someter la pregunta al arbitraje de las princesas.

Después de días de cuidadosa ponderación, de sopesar todas las pruebas y de oír a todos los testigos, llegaron a una conclusión:

—Las palabras y los números tienen igual valor porque, en el tejido del conocimiento, los unos son la trama y las otras la urdimbre. No es más importante contar las arenas que nombrar las estrellas. Dejemos, por consiguiente, que ambos reinos vivan en paz.

Todos quedaron satisfechos con el veredicto. Todos, salvo los dos hermanos, que estaban fuera de sí de puro enojo.

—¿De qué sirven estas niñas si no saben resolver una disputa? —gruñeron, ya que ambos tenían en más sus intereses que la verdad—. Las desterraremos del reino para siempre.

Así que las sacaron del palacio y las enviaron muy lejos, al Castillo en el Aire, y nadie las ha visto desde entonces. Éste es el motivo por el cual hoy, en toda esta tierra, no haya ni Rima ni Razón.

—¿Y qué les sucedió a los dos monarcas? —preguntó Milo.

—Desterrar a las dos princesas fue la última cosa en la que estuvieron de acuerdo, y pronto empezaron a guerrear el uno contra el otro. A pesar de esto, sus reinos han seguido prosperando, pero la vieja ciudad de Sabiduría ha sufrido grandes perturbaciones y no hay forma de devolver las cosas a su lugar. Así que, ya lo ven, tendré que quedarme aquí hasta que vuelvan las princesas.

—Quizá podamos rescatarlas —dijo Milo, impresionado por la tristeza de la Ruja.

—¡Ah, sería difícil! —respondió ella—. El Castillo en el Aire está lejos de aquí, y la única escalera que conduce a él está protegida por demonios fieros de corazón negro.

Toc gruñó ominosamente porque detestaba incluso pensar en demonios.

—Me temo que un chico y un perro no podrán hacer gran cosa —dijo ella—. Pero no se preocupen, no es tan malo: ya estoy bastante acostumbrada a estar aquí. Pero tienen que marcharse o perderán todo el día.

—Oh, tendremos que estar aquí seis millones de años —suspiró Milo—, y no veo forma alguna de escapar.

—¡Bobadas! —gruñó la Ruja—. No tomen al oficial Boleta tan en serio. Le encanta meter a la gente en la cárcel, pero no se preocupa de que se quede allí. No tienen más que apretar ese botón de la pared y serán libres.

Milo apretó el botón y al momento se abrió una puerta, dejando entrar la luz del sol a raudales.

—Adiós, adiós; vuelvan cuando quieran —gritó la Ruja, mientras ellos salían y la puerta se cerraba de golpe.

Milo y Toc se quedaron parpadeando en la claridad deslumbrante y, cuando sus ojos se acostumbraron, lo primero que vieron fue a los consejeros del rey, que de nuevo se dirigían presurosos hacia ellos.

—¡Ah, ahí estás!

—¿Dónde te habías metido?

—Te hemos buscado por todas partes.

—El banquete real está a punto de comenzar.

—Ven con nosotros.

Mientras los acompañaba, Milo se fijó en que estaban muy nerviosos y sin aliento.

—¿Pero qué pasa con mi auto? —preguntó.

—No lo necesitas —contestó el duque.

—Es inútil —dijo el ministro.

—Superfluo —afirmó el conde.

—Innecesario —constató el barón.

—Inadecuado —gritó el subsecretario—. Cogeremos nuestro vehículo.

—Carromato.

—Landó.

—Tílburi.

—Calesa.

—Carroza.

—Carruaje.

—Diligencia.

—Carreta —repitieron rápidamente por orden, señalando una pequeña vagoneta de madera.

"Caramba, todas esas palabras otra vez", pensó Milo, mientras se acomodaba en la vagoneta con Toc y los miembros del gabinete.

—¿Cómo se mueve? No tiene...

—No habrá que esperar mucho —señaló el duque—, porque se pone en marcha en menos que canta un gallo.

Y así, en cuanto el gallo inició su canto, comenzó a desplazarse a buena velocidad por las calles, y en muy poco tiempo llegaron al palacio real.

7. El banquete real

—¡Por aquí!

—¡Sígannos!

—¡Vengan!

—¡Deprisa!

—¡Aquí vamos! —gritaron, saltando de la vagoneta y subiendo a tropezones por la ancha escalera de mármol.

Milo y Toc los seguían de cerca. Era un palacio de aspecto extraño, y Milo pensó que parecía exactamente un libro enorme puesto de pie, con la puerta de entrada en la parte inferior del lomo, donde suele colocarse el nombre del editor.

Una vez dentro, cruzaron a toda prisa un largo vestíbulo, que resplandecía con arañas de cristal y que se llenó del eco de sus pasos. Las paredes y el techo estaban cubiertos de espejos, en los que relampaguearon sus reflejos, mientras los lacayos se inclinaban con frialdad.

—Hemos llegado tardísimo —dijo el conde con nerviosismo cuando se detuvieron frente a las altas puertas de la sala del banquete.

Era una vasta estancia, llena de gente que hablaba y discutía a gritos. La larga mesa estaba puesta primorosamente con vajilla de oro y servilletas de hilo. Detrás de cada silla se erguía un mozo, y en el centro, un poco por encima de los demás, había un trono cubierto de paño carmesí. Sobre la pared se veía el escudo de armas reales, flanqueado por las banderas de Diccionópolis.

Milo observó que muchos de los asistentes estaban en la plaza del mercado. El hombre de las letras estaba ocupado explicando a un grupo interesado la historia de la W, y en un rincón el Embaucador y la Ortoabeja discutían acaloradamente sobre alguna nadería. El oficial Boleta vagaba entre la muchedumbre, murmurando, suspicaz. Al ver pasar a Milo se le iluminó el rostro y comentó:

—Ya han pasado seis millones de años, ¿eh? ¡Ay, Dios, cómo vuela el tiempo!

Todos parecían de bastante mal humor por tener que esperar el almuerzo, y mostraron gran alivio al ver llegar a los rezagados.

—Estoy muy contento de que por fin estés aquí, amigo —dijo el Embaucador, estrechando la mano de Milo cordial y reiteradamente—. Como invitado de honor, debes escoger el menú.

"Caramba", pensó Milo, sin saber qué decir.

—Sé rápido —ordenó la Ortoabeja—. Estoy famélica, f-a-m-é-l-i-c-a.

Mientras Milo intentaba pensar, se oyó un horrísono trompeteo, totalmente desafinado, y un paje anunció a los sobresaltados invitados:

—¡EL REY AZAZ, EL ÍNTEGRO!

El rey atravesó la puerta, rebasó la mesa y dejó caer su cuerpazo en el trono, gritando con irritación:

—¡Todos a sus sitios! ¡Acomódense!

Era el hombre más grande que Milo había visto jamás, con una gran barriga, enormes ojos penetrantes, una barba gris que le llegaba a la cintura, y un sello de plata en el dedo meñique de la mano izquierda. Llevaba una pequeña corona y una túnica con las letras del abecedario bellamente bordadas.

—¿Qué tenemos aquí? —dijo, mirando de hito en hito a Toc y a Milo mientras todos ocupaban sus sitios.

—Con su venia —dijo Milo—, mi nombre es Milo y este es Toc. Muchas gracias por invitarnos a su banquete; su palacio es muy hermoso.

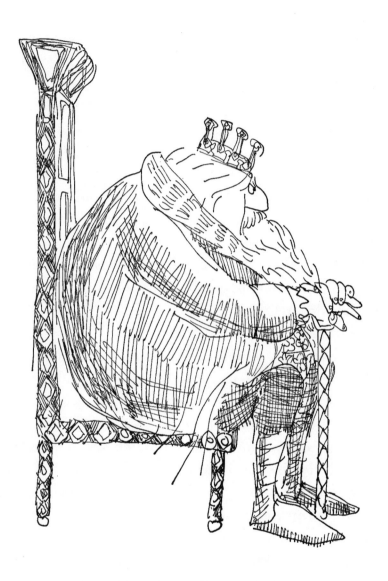

—Exquisito —corrigió el duque.

—Adorable —asesoró el ministro.

—Bellísimo —recomendó el conde.

—Precioso —sugirió el barón.

—Encantador —propuso el subsecretario.

—¡SILENCIO! —exigió el rey—. Ahora, joven, ¿qué puedes hacer para entretenernos? ¿Cantar canciones? ¿Contar historias? ¿Componer sonetos? ¿Juegos de manos? ¿Acrobacias? ¡Qué, maldita sea!

—No sé hacer nada de eso —admitió Milo.

—Qué chico más vulgar —comentó el rey—. Vaya, los miembros de mi gabinete pueden hacer todo tipo de cosas. El duque hace aquí montañas de granos de arena. El ministro deja correr el agua que no ha de beber. El conde trabaja la lana mientras otro se lleva la fama. El barón no deja piedra sin remover. Y el subsecretario —terminó ominosamente— pende de un hilo. ¿No hay algo que sepas hacer?

—Contar hasta mil —ofreció Milo.

—¡A-A-A-R-G-H, números! Nunca menciones los números aquí. Sólo los usamos cuando no nos queda otro remedio —gruñó Azaz, disgustado—. Bueno, ¿por qué Toc y tú no se acercan hasta aquí, se sientan y cenamos algo?

—¿Has decidido ya el menú? —recordó el Embaucador.

—Bueno, creo que en mi mente se ha hecho la luz —dijo Milo, recordando las enseñanzas de su madre sobre lo que debía pedir cuando comiera fuera de casa.

Pero, antes de que pudiera decir nada más, el Embaucador bramó, agitando los brazos:

—¡Una comida de luz será!

Los camareros entraron a la carrera llevando grandes fuentes que colocaron sobre la mesa frente al rey. Cuando descubrieron las bandejas, rayos de luz brillantemente coloreada saltaron de ellas, rebotaron en el techo, las paredes y el suelo, y salieron por las ventanas.

—No es una comida muy sustanciosa —dijo el Embaucador frotándose los ojos—, pero sí bastante atractiva. Quizá puedas sugerir algo un poco más sólido.

El rey dio unas palmadas, se retiraron las fuentes y, sin pensarlo, Milo sugirió rápidamente:

—Bueno, en ese caso, creo que lo mejor es una comida consistente...

—¡Una comida consistente será! —gritó el Embaucador.

El rey palmoteó una vez más, y los camareros reaparecieron con platos donde se apilaban cosas informes de todos los tamaños y colores, pero de aspecto indudablemente consistente.

—¡Uh! —dijo la Ortoabeja, probando uno—. ¡Están horribles!

A nadie parecía gustarle mucho, y al Embaucador se le atravesó algo en la garganta y casi se ahoga.

—¡Ha llegado el momento de los discursos! —anunció el rey, mientras retiraban los platos ante el enfurruñamiento general—. ¡Tú primero! —ordenó, señalando a Milo.

—Majestad, damas y caballeros —comenzó Milo con timidez—, quisiera aprovechar esta oportunidad para decir que en todo el...

—¡Más que suficiente! —cortó el rey—. No hay que hablar todo el día.

—¡Pero si acababa de empezar! —objetó Milo.

—¡EL SIGUIENTE! —bramó el rey.

—¡Pavo asado, puré de papas, helado de vainilla! —recitó el Embaucador, dando rápidos botes arriba y abajo.

"¡Qué extraño discurso!", pensó Milo, que había oído algunos y sabía que la costumbre es que fueran largos y pesados.

—¡Hamburguesas, mazorcas de maíz, budín de chocolate, c-h-o-c-o-l-a-t-e! —dijo la Ortoabeja a su vez.

—¡Salchichas de Francfort, pepinillos, mermelada de fresa! —gritó el oficial Boleta desde su silla. Como era más alto sentado que de pie ni se molestó en levantarse.

Y así siguió la cosa, con cada invitado levantándose brevemente, haciendo un corto discurso y volviendo a su lugar. Cuando todos concluyeron se levantó el rey.

—*Pâte de foie gras, soupe à l'oignon, faisan sous cloche, salade d'endives, fromages et fruits et demi-tasse* —dijo de modo solemne y dio de nuevo unas palmadas.

Los camareros reaparecieron de inmediato, llevando pesadas bandejas calientes, que colocaron en la mesa. Contenían las palabras exactas dichas por los diversos

invitados, y todos empezaron a comer al momento con gran
placer.

—¡Duro con ello! —dijo el rey, dándole un codazo a Milo
y mirando reprobadoramente su plato—. No puedo decir
que tu elección me parezca gran cosa.

—No sabía que iba a tener que comerme mis palabras
—objetó Milo.

—Por supuesto que sí, por supuesto, aquí todo el mundo
lo hace —gruñó el rey—. Deberías haber pronunciado un
discurso más sabroso.

Milo vio que a su alrededor todo el mundo se atracaba

con entusiasmo y, tras volver la vista a su plato, pensó lo poco apetitoso que resultaba, y él tenía tanta hambre.

—Mira, prueba un volapié —sugirió el duque—. Mejora el sabor.

—Coge un galimatías —ofreció el conde, pasando la canastilla del pan.

—O un retruécano —secundó el ministro.

—Quizá te apetezca un buñuelo de sinonimia —sugirió el duque.

—¿Por qué no esperar a los postres? —masculló el conde confusamente, con la boca llena.

—¿Cuántas veces tengo que decirles que no se metan más de lo que pueden masticar? —masculló el subsecretario, dándole palmadas en la espalda.

—Por un oído le entra y por otro le sale —refunfuñó el duque, intentando meterle al conde una de sus palabras por la oreja.

—Si no es una cosa, es otra —reprendió el ministro.

—Sale de la sartén para caer en las brasas —gritó el conde, quemándose seriamente.

—¡Basta ya, no es necesario que me arranquen la cabeza! —gritó el barón aterrorizado, y se lanzó sobre los otros con saña.

Los cinco empezaron a arañarse con ferocidad debajo de la mesa.

—¡DETÉNGANSE DE INMEDIATO! —bramó Azaz—. ¡O los desterraré a todos!

—Lo siento.

—Perdón.

—Disculpas.

—Clemencia.

—Con la venia —se disculparon a la vez, y se sentaron mirándose con odio.

El resto de la comida transcurrió en silencio, hasta que el rey se limpió las manchas de salsa de la pechera y exigió el postre. Milo, que no había comido nada, esperó con ansia.

—Hoy tenemos postre especial —dijo el rey, mientras un olor delicioso de pasteles caseros llenaba el salón del banquete—. Por orden real los reposteros han trabajado toda la noche en la mediococina para estar seguros de que...

—¿La mediococina? —preguntó Milo.

—Por supuesto, la mediococina —explotó el rey—. ¿De dónde crees que vienen las ideas a medio cocer? Ahora, por favor, no interrumpan. Por orden real, los reposteros han trabajado toda la noche pa...

—¿Qué es una idea a medio cocer? —volvió a preguntar Milo.

—¿Vas a callarte de una vez? —gruñó Azaz airadamente.

Pero, antes de que pudiera continuar, tres grandes carritos de dulces entraron en la sala y todos se precipitaron a servirse.

—Son muy sabrosos —explicó el Embaucador—, pero no siempre concuerdan. Aquí hay uno muy bueno.

Se lo entregó a Milo, que entre las nueces y el glaseado, alcanzó a leer: "LA TIERRA ES PLANA".

—La gente se tragó esa durante años —comentó la Ortoabeja—, pero no es muy popular estos días, d-í-a-s. Milo cogió otro que declaraba "LA LUNA ESTÁ HECHA DE QUESO VERDE", y con hambre le dio una mordida a la parte que decía "QUESO".

—*Ésta* sí que es una idea a medio cocer —dijo, sonriente.

Milo miró el gran surtido de pasteles, que eran devorados casi tan rápidamente como los leían. El conde masticaba satisfecho un "LAS DESGRACIAS NUNCA VIENEN SOLAS", y el rey estaba ocupado rebanando un "EL AIRE NOCTURNO ES MALO".

—Yo que tú, no comería mucho de eso —advirtió Toc—. Tal vez parezcan apetitosos, pero te pueden hartar.

—No te preocupes —contestó Milo—; me llevaré uno para después.

Y envolvió en su servilleta un "NO HAY MAL QUE POR BIEN NO VENGA".

8. El Embaucador se ofrece de voluntario

—No puedo tomar ni un bocado más —resolló el duque, agarrándose el estómago.

—¡Oh, Dios mío! —convino el ministro, respirando con gran dificultad.

—M-m-m-m-f-f-m-m —masculló el conde, tratando desesperadamente de tragar otro bocado.

—Completamente relleno —suspiró el barón, aflojándose el cinturón.

—Estoy lleno —gruñó el subsecretario, sirviéndose la última tarta.

Al terminar todo, lo único que se oía eran los crujidos de las sillas, el rechinar de los platos, la lamedura de cucharas y las palabras del Embaucador.

—Una deliciosa colación, delicadamente preparada y elegantemente servida —anunció a nadie en particular—. Un festín de exóticos aromas. Mis felicitaciones al cocinero, ¡verdaderamente! Mis sinceros elogios para el *chef*.

Entonces, con una mirada implorante, se volvió hacia Milo y jadeó:

—¿Tendrías la bondad de traerme un vaso con agua? Se diría que padezco una ligera indigestión.

—Quizá ha comido con demasiada rapidez —comentó Milo afablemente.

—Con demasiada rapidez, con demasiada rapidez —jadeó el insecto, incómodo, entre tragos—. Seguro que con demasiada rapidez. No albergo la menor duda sobre que debería haber comido demasiado poco demasiado despacio, o demasiado mucho demasiado lentamente, o demasiado poco demasiado rápidamente, o haberme tomado todo el día para no tomar nada, o haberme comido todo en nada de tiempo, o haber comido algo de cuando en cuando, o tal vez tendría que haber...

Se desplomó en su silla, agotado, y se puso a mascullar cosas ininteligibles.

—¡Atención! ¡Préstenme atención! —insistió el rey, poniéndose súbitamente de pie y golpeando la mesa. La orden era completamente innecesaria, ya que, en el momento en que empezó a hablar, todos salvo Milo, Toc, y el atribulado insecto se precipitaron al vestíbulo, bajaron por las escaleras atropelladamente y abandonaron el palacio.

—¡Amigos y leales súbditos! —siguió Azaz, cuya voz resonaba en la sala casi vacía—. De nuevo, en esta ocasión de gala...

—Perdone —le atajó Milo con una tosecilla cortés—, pero se han ido todos.

—Creí que nadie lo notaría —dijo el rey, con tristeza—. Siempre sucede lo mismo.

—Se han ido todos a cenar —anunció el Embaucador débilmente—, y en cuanto recobre el aliento me uniré a ellos.

—Pero esto es ridículo. ¿Cómo pueden cenar después de un banquete? —preguntó Milo.

—¡ESCANDALOSO! —gritó el rey—. Lo interrumpiremos ahora mismo. ¡De ahora en adelante, por orden real, que todos cenen antes del banquete!

—Pero eso es igual de malo —protestó Milo.

—Querrás decir igual de bueno —corrigió el Embaucador—. Las cosas que son igual de malas son también igual de buenas. Intenta ver la parte positiva de las cosas.

—No sé qué lado mirar —protestó Milo—. Todo es de lo más confuso, y para lo único que sirven tus palabras es para empeorar las cosas.

—Cuán cierto —dijo entristecido el rey, descansando su barbilla regia en el real puño como si pensara añorante en el pasado—. Debe haber algo que podamos hacer.

—Dicte una ley —sugirió el Embaucador, muy animado.

—Tenemos casi tantas leyes como palabras —rezongó el rey.

—Ofrezca una gratificación —propuso el insecto de nuevo.

El rey sacudió la cabeza; su aspecto era cada vez más triste.

—Pida ayuda.

—Imponga condiciones.

—Tire del hilito.

—Archive el memorándum.

—Baje el gallo.

—Apenque.

—Levante el puente.

—Atranque la puerta —gritó el insecto, saltando arriba y abajo mientras hacía ondular los brazos. El rey lo hizo sentarse otra vez con una mirada de furia.

—Podría permitir que volvieran Rima y Razón —dijo Milo, que había estado esperando la oportunidad de sugerirlo, con voz queda.

—¡Qué bonito sería! —contestó Azaz, enderezándose la corona—. Aunque a veces eran una molestia, las cosas siempre fueron bien cuando estaban aquí —mientras hablaba se echó hacia atrás en el trono, cruzó las manos detrás de la cabeza, y miró consternado al techo—. Pero me temo que no será posible.

—Desde luego que no; no puede hacerse —repitió el Embaucador.

—¿Por qué no? —preguntó Milo.

—¿Por qué no, vamos a ver? —exclamó el insecto, que no

tenía inconveniente en defender los dos bandos de la discusión a la vez.

—Es demasiado difícil —contestó el rey.

—¡Por supuesto! —convino el insecto—. Demasiado difícil.

—Podría si realmente quisiera —insistió Milo.

—Sin la menor duda, si realmente quisiera, podría —convino el Embaucador.

—¿Cómo? —preguntó Azaz, mirando colérico al insecto.

—¿Cómo? —inquirió Milo, igualmente furioso.

—Es muy sencillo —comenzó el Embaucador, deseando estar en cualquier otra parte—. Muy sencillo para un bravo muchacho de valeroso corazón, un can impertérrito, y un vehículo pequeño pero manejable.

—¡Explícate! —ordenó el rey.

—Sí, por favor —le secundó Milo.

—Todo lo que tendría que hacer —continuó el insecto, preocupado— es viajar kilómetros y kilómetros por caminos y campos peligrosos, por ignotos valles y bosques inexplorados, por barrancos profundísimos y lúgubres baldíos, hasta llegar a Digitópolis, ¡si es que lo logra! Entonces tendría que persuadir al Matemago para que liberara a las princesitas y, por supuesto, él nunca estaría de acuerdo con algo con lo que estuvieras de acuerdo tú y, en caso de que lo estuviera, quien no estaría de acuerdo serías tú.

"Desde allí es cosa sencilla entrar en las Montañas de Ignorancia, llenas de azarosos barrancos y ominosas cortaduras, una tierra en la que muchos se aventuran pero pocos vuelven, donde demonios malvados bajan reptando desde las alturas en busca de presas. Entonces se sube, sin esfuerzo alguno, una escalera en espiral de dos mil peldaños sin barandillas azotada por el viento nocturno, porque en esas montañas es siempre de noche, hasta llegar al Castillo en el Aire.

Se detuvo un instante para tomar aliento y prosiguió:

—Después de una charla amena con las princesas, todo lo que queda es un placentero viaje de regreso cruzando esos riscos caóticos donde espantosos monstruos han jurado hacer trizas a cualquier entrometido que se atreva a pasar por allí y devorárselo hasta la hebilla de su cinturón.

"Y, por fin, tras el largo viaje de vuelta, un desfile triunfal cuando lleguen (¡si es que queda algo con qué desfilar!), seguido de galletas y chocolate caliente para todos.

El Embaucador hizo una profunda reverencia y se sentó una vez más, muy complacido consigo mismo.

—Nunca hubiera pensado que fuera tan fácil —dijo el rey, acariciando su barba y sonriendo de oreja a oreja.

—No podría ser más simple, desde luego —convino el insecto.

—A mí me parece peligroso —dijo Milo.

—Muy peligroso, muy peligroso —masculló el Embaucador, intentando aún estar de acuerdo con todos.

—¿Quién hará el viaje? —preguntó Toc, que había estado escuchando muy atentamente la descripción del Embaucador.

—¡Muy buena pregunta! —contestó el rey—. Pero hay un problema mucho más serio.

—¿Cuál es? —preguntó Milo, más bien triste por el giro que había tomado la conversación.

—Me temo que sólo se lo podré contar cuando regresen —gritó el rey, dando tres palmadas.

Los camareros volvieron corriendo a la sala y retiraron a toda velocidad los platos, la plata, el mantel, la mesa, las sillas, el salón del banquete y el palacio, dejándolos a todos en la plaza del mercado.

—Como podrás imaginarte, me gustaría participar en la expedición —prosiguió Azaz caminando a grandes zancadas por la plaza como si nada hubiera sucedido—, pero, como ha sido idea tuya, tú te llevarás todos los honores.

—Pero, Majestad... —comenzó Milo.

—Diccionópolis siempre te estará agradecida, querido muchacho —interrumpió el rey, echándole a Milo un brazo por los hombros y palmeando a Toc afablemente con la mano libre—. Afrontarán muchos peligros en su viaje, pero no teman, porque les he traído esto para que los proteja.

Sacó del manto una caja pequeña pero pesada del tamaño de un libro de texto y se la entregó ceremoniosamente a Milo.

—En esta caja están todas las palabras que sé —dijo—. De la mayoría no hay nunca necesidad y algunas se usan constantemente, pero con ellas puedes formular todas las preguntas que nunca se han contestado y contestar todas las preguntas que nunca han sido formuladas. Todos los grandes libros del pasado y todos los aún por venir se han hecho con estas palabras; con ellas no hay obstáculo que no se pueda superar. Lo único que tienes que hacer es aprender a usarlas bien y en los lugares adecuados.

Milo aceptó el regalo, dio las gracias, y el pequeño grupo

se dirigió hacia el automóvil, que seguía estacionado a un lado de la plaza.

—Necesitarán, por supuesto, un guía —dijo el rey— y, como conoce tan bien los obstáculos, el Embaucador se ha ofrecido animosamente para acompañarlos.

—¡Eh, oiga, oiga! —gritó el insecto sobresaltado, porque era lo último que quería hacer en el mundo.

—Comprobarás que es digno de confianza, osado, ingenioso, y leal —prosiguió Azaz, y el Embaucador quedó tan abrumado por los elogios, que se calló de inmediato.

—¡Estoy seguro de que será una gran ayuda! —gritó Milo mientras atravesaban la plaza en el automóvil.

"Eso espero", pensó Toc, que se sentía mucho menos seguro.

—¡Buena suerte, buena suerte; tengan cuidado! —gritó el rey, y fueron camino adelante.

Milo y Toc se preguntaban qué extrañas aventuras les aguardarían, el Embaucador se interrogaba sobre cómo había llegado a verse implicado en tan azarosa empresa, y la muchedumbre gritaba y vitoreaba entusiasmada porque, si bien no prestaban atención a quienes llegaban, se mostraban muy complacidos ante los que abandonaban el reino.

9. Según se mire

Pronto, todas las huellas de Diccionópolis se habían desvanecido a lo lejos, y todas las tierras extrañas y desconocidas que se encontraban entre el reino de las palabras y el reino de los números se extendieron ante ellos. Atardecía, y un sol naranja oscuro flotaba con pesadez sobre las lejanas montañas. Una gentil brisa fresca se lanzó juguetona sobre el automóvil, y largas sombras se estiraron perezosas desde árboles y matas.

—¡Ah, el camino! —exclamó el Embaucador, respirando hondamente, porque ahora daba la impresión de sentir una satisfecha resignación ante el viaje—. El espíritu de aventura, la fascinación de lo desconocido, la emoción de una galante empresa. ¡Cuán grandioso en verdad!

Entonces, muy satisfecho consigo mismo, cruzó los brazos, se recostó en el asiento, y no dijo más.

Unos minutos después, habían dejado el campo abierto para entrar en un espeso bosque.

ESTO ES UNA RUTA ESCÉNICA:
TODO RECTO HASTA LLEGAR AL PUNTO DE VISTA

anunciaba una señal de circulación más bien grande; pero, contradiciendo su enunciado, todo lo que podía verse eran más árboles. El bosque fue ganando en frondosidad, hasta que, cuando los árboles estaban a punto de ocultar el cielo por completo, terminó abruptamente y el camino trazó un cerrado giro sobre sí mismo en torno a un ancho promontorio. Extendiéndose hacia adelante, a la izquierda, a la derecha, y al frente, tan lejos como alcanzaba la vista, se desplegaba el fértil paisaje verde por el que habían estado viajando.

—Notable vista —anunció el Embaucador, saltando del coche como si fuera responsable de ella.

—¿No es hermoso? —exclamó Milo.

—¡Oh, no lo sé! —contestó una voz extraña—. Según se mire.

—¿Perdón? —dijo Milo, que no había visto quién había hablado.

—He dicho que según se mire —repitió la voz.

Milo se volvió y se dio de bruces con dos brillantes zapatos marrones que flotaban directamente a la altura de sus ojos, y dentro de los cuales estaban los pies de un chico más o menos de su misma edad que se erguía (si puede decirse así de alguien que flota en el aire) casi tres pies por encima del suelo.

—Por ejemplo —continuó el muchacho—, si te gustan los desiertos, tal vez no encontrarás esto bonito en absoluto.

—Muy cierto —dijo el Embaucador, al que no le gustaba llevarle la contraria a nadie que estuviera tan por encima del suelo.

—Por ejemplo —prosiguió el muchacho—, si los árboles de Navidad fueran personas y las personas fueran árboles de Navidad, nos cortarían a todos, nos colocarían en la sala y nos adornarían con oropel, mientras que los árboles abrirían nuestros regalos.

—¿Y eso qué tiene que ver? —preguntó Milo.

—Nada en absoluto —contestó—, pero es una posibilidad interesante, ¿no te parece?

—¿Cómo haces para estar de pie ahí? —preguntó Milo, porque ese asunto era el que más le interesaba.

—Iba a hacerte la misma pregunta —contestó el muchacho—, porque debes ser mucho mayor de lo que pareces para tener los pies tan bien plantados en el suelo.

—¿Qué quieres decir? —inquirió Milo.

—Verás —dijo el muchacho—, en mi familia todos nacemos en el aire, con la cabeza a la altura exacta que se tendrá cuando seamos adultos, y a partir de ahí vamos creciendo hacia el suelo. Cuando hemos crecido, o más bien descendido del todo, nuestros pies tocan tierra por fin. Por supuesto, hay algunos que nunca ponen los pies en la tierra por mayores que sean, pero supongo que en todas las familias pasa lo mismo.

Brincó unos pasos en el aire, regresó de un salto al punto de partida, y añadió:

—Debes ser muy viejo para pisar ya tierra firme.

—Nada de eso —dijo Milo con toda seriedad—. En mi familia todos comienzan desde el suelo y van creciendo hacia arriba, y nunca sabemos hasta dónde llegaremos hasta que crecemos del todo.

—¡Vaya idiotez de sistema! —se rió el muchacho—. ¿Tu cabeza cambia de altura todo el tiempo y siempre ves las cosas de distinta manera? Porque cuando tengas quince años las cosas no tendrán en absoluto el mismo aspecto que cuando tenías diez, y a los veinte todo volverá a cambiar.

—Supongo que así es —contestó Milo, que en realidad nunca había pensado sobre el asunto.

—Nosotros siempre vemos las cosas desde el mismo ángulo —continuó el muchacho—. Es mucho menos lío de esa forma. Además, tiene más sentido crecer hacia abajo que hacia arriba. Cuando eres muy joven, no te haces daño cayéndote si estás flotando en el aire, y desde luego no tienes el problema de rozar tus zapatos o de hacer marcas en el suelo si no hay nada con qué rozarlos y el suelo está a tres pies de distancia.

"Eso es muy cierto", pensó Toc, preguntándose qué les parecería el arreglo a los perros de su familia.

—Pero hay muchas otras formas de mirar las cosas —comentó el muchacho—. Por ejemplo, tomaste jugo de naranja, un huevo pasado por agua, pan tostado con mermelada, y leche para desayunar —dijo, volviéndose hacia Milo—. Y tú siempre estás preocupado por cómo la gente pierde el tiempo —le dijo a Toc—. Y tú casi nunca tienes razón —dijo señalando al Embaucador— y, cuando la tienes, suele ser por casualidad.

—¡Una grosera exageración! —protestó el insecto, ceñudo, porque no había creído ser tan transparente.

—Asombroso —dijo Toc.

—¿Cómo sabes todo eso? —preguntó Milo.

—Muy sencillo —dijo orgullosamente—. Soy Alec Bings, nada se me escapa; veo a través de las cosas. Veo dentro, detrás, alrededor, debajo o después de cualquier cosa. En realidad, lo único que no puedo ver es lo que tengo delante de mis narices.

—¿No es un poco incómodo? —preguntó Milo, con el cuello dolorido de mirar hacia arriba.

—Un poco —contestó Alec—, pero es muy importante para saber lo que hay más allá de las cosas, y la familia me ayuda con el resto. Mi padre mira las cosas, mi madre mira por las cosas, mi hermano ve más allá de las cosas, mi tío ve el otro lado las cosas, y Alicia, mi hermana pequeña, ve debajo de las cosas.

—¿Cómo puede ver debajo de las cosas si se pasa el día allá arriba? —gruñó el Embaucador.

—Bueno —agregó Alec, haciendo un limpio giro—, cuando no puede hacerlo, lo pasa por alto.

—¿Podría yo ver algo desde allá arriba? —preguntó Milo cortésmente.

—Podrías —dijo Alec—, pero sólo si intentas mirar las cosas como lo hace un adulto.

Milo lo intentó con toda su alma y, mientras lo hacía, sus pies empezaron a despegarse lentamente del suelo, hasta que se quedó flotando en el aire cerca de Alec Bings. Miró en torno muy rápidamente y, un instante después, se precipitó a la tierra de nuevo.

—Interesante, ¿no? —preguntó Alec.

—Sí, lo ha sido —convino Milo, frotándose la cabeza y sacudiéndose el polvo—, pero pienso continuar viendo las cosas como un niño. Cae uno de menos altura.

—Una decisión sabia, por lo menos por ahora —dijo Alec—. Todos deben tener su propio punto de vista.

—¿No es este el Punto de Vista de todos? —preguntó Toc, mirando en torno con curiosidad.

—Claro que no —contestó Alec, sentándose sobre nada—. Es sólo mío, y está claro que no siempre se pueden mirar las cosas desde el punto de vista de los otros. Por ejemplo —dijo, señalando un cubo de agua—, desde el punto de vista de una hormiga, esto es un vasto océano; desde el de un elefante, sólo un poco de bebida fresca; y para un pez, por supuesto, su hogar. Ya ves que la manera de ver las cosas depende muchísimo del lugar desde donde se les mira. Ahora, acompáñenme y les mostraré el resto del bosque.

Corrió con rapidez por el aire, parándose de cuando en cuando para esperar a Milo, Toc y al Embaucador, que lo seguían lo mejor que podían.

—¿Crecen todos aquí como tú? —preguntó Milo jadeando cuando le dio alcance.

—Casi todos —contestó Alec, y entonces se paró un momento y pensó—. De vez en cuando, alguien empieza a crecer de manera diferente. En vez de hacia abajo, sus pies crecen hacia arriba, hacia el cielo. Pero hacemos todo lo que podemos para impedir ese tipo de torpezas.

—¿Qué *les* sucede? —insistió Milo.

—Pues es muy raro, porque a menudo crecen diez veces más que el resto —respondió Alec pensativamente—, y he oído que caminan entre las estrellas.

Y dicho esto, se zambulló de un salto en el bosque, que lo aguardaba.

10. Una sinfonía multicolor

Mientras corrían, los altos árboles se cerraban en torno a ellos arqueándose graciosamente hacia el cielo. Los últimos rayos de sol brincaban con levedad de hoja en hoja, se deslizaban a lo largo de las ramas y bajaban por los troncos, cayendo por fin sobre la tierra en cálidos parches luminosos. Un suave resplandor llenaba el aire con el tipo de luz que hace que todo parezca nítido, que a todo confiere una limpieza y una cercanía tales que da la impresión de estar al alcance de nuestra mano.

Alec corría delante, riendo y gritando, pero pronto se encontró con dificultades serias porque, si bien veía siempre el árbol situado detrás del siguiente, nunca veía el que había delante y se estrellaba continuamente contra ellos. Después de varios minutos de desatinado vagabundeo se detuvieron para recobrar el aliento.

—Creo que nos hemos perdido —jadeó el Embaucador, derrumbándose sobre un zarzal de buen tamaño.

—¡Bobadas! —gritó Alec desde la alta rama en la que estaba sentado.

—¿Sabes dónde estamos? —preguntó Milo.

—¡Claro que sí! —contestó—. Estamos aquí, en este mis-
mísimo sitio. Además, perderse nunca ha sido asunto de no
saber dónde se está; es asunto de no saber dónde no se está,
y a mí me da absolutamente lo mismo dónde no estoy.

Esto era demasiado complicado para el insecto, y Milo
empezaba a repetírselo a sí mismo cuando Alec dijo:

—Si no me crees, pregúntaselo al gigante.

Y señaló una casa pequeña encajada primorosamente
entre dos de los árboles más grandes.

Milo y Toc fueron andando hasta la puerta, donde una placa de latón decía sencillamente: "EL GIGANTE".

Llamaron.

—Buenas tardes —dijo el hombre de tamaño perfectamente ordinario que abrió la puerta.

—¿Es usted el gigante? —preguntó Toc, dubitativo.

—Ciertamente —contestó con orgullo—. Soy el gigante más pequeño del mundo. ¿Qué puedo hacer por ustedes?

—¿Nos hemos perdido? —preguntó Milo.

—Esa es una pregunta difícil —dijo el gigante—. ¿Por qué no dan la vuelta y se lo preguntan al enano de la parte trasera? —y cerró la puerta.

Se encaminaron a la parte trasera de la casa, que tenía exactamente el mismo aspecto que la delantera, y llamaron a la puerta, donde había una placa que rezaba "EL ENANO".

—¿Cómo están? —preguntó un hombre igualito que el gigante.

—¿Es usted el enano? —volvió a preguntar Toc, con un indicio de incertidumbre en su voz.

—Indiscutiblemente —contestó—. Soy el enano más alto del mundo. ¿Puedo ayudarlos?

—¿Cree que nos hemos perdido? —repitió Milo.

—Es un problema muy complicado —dijo—. ¿Por qué no dan la vuelta y se lo preguntan al gordo de al lado? —y también él desapareció con rapidez.

El lado de la casa se parecía mucho al frente y a la parte trasera; la puerta se abrió en el instante mismo de llamar.

—Qué alegría verlos por aquí —exclamó un hombre que podía haber sido el hermano gemelo del enano.

—Usted debe ser el gordo —dijo Toc, sin fiarse demasiado de las apariencias.

—El más flaco del mundo —contestó él animadamente—, pero si tienes alguna pregunta que hacer, sugiero que te dirijas al flaco, que está al otro lado de la casa.

Como ya habían sospechado, el otro lado de la casa se parecía mucho al frente, a la parte trasera y al lado que acababan de visitar; también acudió a la puerta un hombre cuyo aspecto coincidía rasgo por rasgo con el de los otros tres.

—¡Qué agradable sorpresa! —gritó, feliz—. Ya ni me acuerdo de cuándo tuve visita por última vez.

—¿Cuánto tiempo hace de eso? —preguntó Milo.

—Te aseguro que no tengo ni idea —contestó—. Ahora discúlpame; tengo que abrir la puerta.

—Pero si acaba de hacerlo —dijo Toc.

—Oh, sí, lo había olvidado.

—¿Es usted el flaco más gordo del mundo? —preguntó Toc.

—¿Conoces a alguno más gordo? —preguntó el hombre, con impaciencia.

—Creo que todos son usted —dijo Milo enfáticamente.

—¡¡S-s-s-s-s-h-h-h-h-h-h-h!! —advirtió, poniéndose el dedo en los labios y atrayendo a Milo hacia él—. ¿Quieres estropearlo todo? Ya ves: para los altos soy un enano, y para los bajitos, un gigante; para los flacos soy gordo, y para los gordos, flaco. De esa manera puedo trabajar en cuatro cosas a la vez. Como puedes ver, no soy ni alto ni bajo ni gordo ni flaco: en realidad soy bastante corriente, pero hay tantos hombres corrientes a los que nadie les pide opinión sobre nada… En fin, ¿cuál es tu pregunta?

—¿Cree que nos hemos perdido? —preguntó Milo una vez más.

—M-m-m-m —dijo el hombre rascándose la cabeza—. No me han hecho una pregunta tan difícil desde que puedo recordar. ¿Te importaría repetirla? Se me ha ido de la cabeza.

Milo repitió la pregunta por quinta vez.

—¡Ay, ay, ay! —masculló el hombre—. Sé una cosa segura; es mucho más difícil saber si *estás* perdido que si *estabas* perdido porque, en muchas ocasiones, donde vas es exactamente donde estás. Por otra parte, es frecuente encontrarse con que donde has estado no es en absoluto donde debieras haber estado y, como es mucho más difícil encontrar el camino de vuelta desde un lugar que nunca abandonaste, te sugiero que vayas allí inmediatamente y decidas. Y si tienes alguna pregunta más, pregunta por favor al gigante.

Dicho esto, cerró la puerta de golpe y bajó la persiana.

—Espero que estés satisfecho —dijo Alec cuando regresaron de la casa.

Botando sobre los pies, se dobló para despertar al Embaucador, que roncaba, y se pusieron en marcha, más lentamente esta vez, en dirección a un claro grande.

—¿Vive mucha gente aquí en el bosque? —preguntó Milo mientras trotaba con los otros.

—Oh, sí, viven en una ciudad maravillosa llamada Realidad —anunció, al darse un golpe contra un árbol pequeño y enviando una cascada de nueces y hojas al suelo—. Es por aquí.

Unos metros más adelante, el bosque se abrió ante ellos,

y a la izquierda apareció una metrópoli magnífica. Las azoteas brillaban como espejos, en las paredes relucían kilómetros de piedras preciosas, y las anchas avenidas estaban pavimentadas de plata.

—¿Es ésa? —gritó Milo, corriendo hacia las calles resplandecientes.

—En lo absoluto; ésa es sólo Ilusiones —dijo Alec—. La verdadera ciudad está allá lejos.

—¿Qué es Ilusiones? —preguntó Milo, porque era la ciudad más hermosa que jamás había visto.

—Ilusiones —explicó Alec— es como un espejismo.

Dándose cuenta de que con esto no aclaraba mucho, continuó:

—Los espejismos son cosas que puedes ver muy claramente y que no están allí.

—¿Cómo puedo ver algo que no está? —bostezó el Embaucador, aún no despierto del todo.

—A veces es mucho más sencillo que ver las cosas que están —dijo Alec—. Por ejemplo, si hay algo, sólo puedes verlo con los ojos abiertos; pero, si no lo hay, puedes verlo igual de bien con los ojos cerrados. Esa es la razón por la que las cosas imaginarias son a menudo más fáciles de ver que las reales.

—¡¿Dónde está Realidad entonces?! —vociferó Toc.

—Aquí mismo —gritó Alec, gesticulando con los brazos—. Estás en medio de la Calle Mayor.

Miraron en torno con mucha atención. Toc husmeó suspicaz, y el Embaucador estoqueó el aire con su bastón, pero no había nada que ver en absoluto.

—Es realmente una ciudad muy agradable —dijo Alec vagando calle abajo, señalando diversos aspectos de interés que no parecían estar allí y tocando su gorra para saludar a los transeúntes.

Muchas personas iban de un lado para otro con las cabezas bajas, y todas parecían saber exactamente a dónde iban, apresurándose por las inexistentes calles y entrando y saliendo de unos edificios que no estaban allí.

—No veo ninguna ciudad —dijo Milo con voz muy suave.

—Ni ellos tampoco —comentó Alec con tristeza—; pero eso no importa, porque no la echan de menos en absoluto.

—Debe ser muy difícil vivir en una ciudad que no se puede ver —insistió Milo, saltando a un lado para dejar paso a una fila de automóviles y camiones.

—En absoluto, una vez que te acostumbras —dijo Alec—. Pero déjame contarte cómo pasó todo.

Y, caminando sin rumbo por la bulliciosa avenida, comenzó:

—Hace muchos años, en este mismo lugar, había una hermosa ciudad de bellas casas y espacios atractivos, y nadie que vivía aquí tenía prisa. Las calles estaban repletas de maravillas y la gente solía detenerse a menudo para contemplarlas.

—¿No tenían adónde ir? —preguntó Milo.

—Claro que sí —prosiguió Alec—, pero, como sabes, la razón más importante para ir de un lugar a otro está en ver lo que hay entre ellos, y les producía una gran satisfacción hacer simplemente eso. Un día alguien descubrió que, si caminaba lo más rápido posible y no miraba nada salvo sus zapatos, llegaba a su destino mucho antes: pronto todos hicieron lo mismo. Todos se precipitaban avenidas abajo y corrían por los bulevares sin ver ninguna de las maravillas y las bellezas de su ciudad.

Milo recordó que había hecho exactamente eso muy a menudo; y, aun intentándolo con todas sus fuerzas, sabía que en su propia calle había cosas que no podía recordar.

—Dejaron de prestar atención al aspecto de las cosas, y, según se movían más y más rápido, todo se hizo más feo y más sucio, y al hacerse todo más feo y más sucio ellos iban desplazándose más y más rápido, y comenzó a suceder algo muy extraño. Como a nadie le importaba, la ciudad comenzó a desaparecer lentamente. Los edificios se fueron desdibujando día tras día, y las calles se desvanecieron, hasta que por último se hicieron enteramente invisibles. No quedó nada que ver.

—¿Y qué hicieron entonces? —indagó el Embaucador mostrando de repente gran interés por las cosas.

—Nada en absoluto —respondió Alec—. Siguieron viviendo aquí, como siempre, en las casas que habían dejado de ver y en las calles que habían desaparecido, porque nadie había notado nada en absoluto. Y así han vivido hasta hoy mismo.

—¿Nadie se lo ha dicho? —preguntó Milo.

—No serviría de nada —contestó Alec—, porque nunca podrían ver aquello que tienen demasiada prisa por mirar.

—¿Por qué no viven en Ilusiones? —sugirió el Embaucador—. Es mucho más bonito.

—Muchos lo hacen —contestó Alec, caminando en dirección al bosque una vez más—, pero tan malo es vivir en un lugar donde lo que se ve no está como vivir en uno donde está lo que no se ve.

—Quizá algún día puedan tener una ciudad tan fácil de ver como Ilusiones y tan difícil de olvidar como Realidad —comentó Milo.

—Eso sólo sucederá cuando vuelvan Rima y Razón —dijo Alec, sonriendo, porque se había percatado de los planes de Milo—. Ahora dense prisa, o nos perderemos el concierto de la noche.

Lo siguieron rápidamente subiendo por un tramo de escaleras que no podían verse y atravesando una puerta inexistente. En un momento habían dejado Realidad (lo que es a veces difícil de saber) y se encontraban en una parte completamente distinta del bosque.

El sol descendía lentamente en el horizonte, y las cimas

de las distantes colinas se cubrían poco a poco de tonos morados, naranja, dorados y rojizos. Los últimos rayos de luz esperaron hasta que una bandada de reyezuelos encontró el camino a sus nidos, mientras un grupo de estrellas impacientes ocupaban ya sus lugares.

—¡Aquí estamos! —gritó Alec, y, con un movimiento de su brazo, señaló una enorme orquesta sinfónica—. ¿No es una vista grandiosa?

Había por lo menos mil músicos dispuestos en un gran arco frente a ellos. A izquierda y derecha estaban los violines y los violonchelos, cuyos arcos se movían en grandes olas, y detrás una profusión incontable de flautines, flautas, clarinetes, oboes, fagotes, cornos, trompetas, trombones y tubas tocando todos a la vez. Muy muy atrás, tan lejos que apenas se veían, estaban los instrumentos de percusión, y por fin, en una larga línea, arriba y a un lado, estaban los contrabajos.

Sobre un alto podio al frente se erguía el director, un hombre alto, demacrado, con oscuros ojos hundidos y una boca de labios delgados colocada con descuido entre su larga nariz puntiaguda y su puntiaguda barbilla alargada. No usaba batuta, sino que dirigía con amplios movimientos que parecían comenzar en los dedos de los pies, subir lentamente por su cuerpo, recorrer sus delgados brazos y terminar en las puntas de sus esbeltos dedos.

—No oigo nada —dijo Milo.

—Así es —dijo Alec—; este concierto no se escucha, se mira. Ahora, presten atención.

El director hacía ondular los brazos, moldeando el aire

como si fuera arcilla fresca, y los músicos seguían sus indicaciones con mucha atención.

—¿Qué tocan? —preguntó Toc, levantando la mirada inquisitivamente hacia Alec.

—La puesta del sol, desde luego. La tocan cada tarde más o menos a esta hora.

—¿Cómo? —preguntó Milo, estupefacto.

—Naturalmente —contestó Alec—, y también tocan la mañana, el mediodía, y la noche, cuando es mañana, mediodía, o noche, claro. Vaya, no habría color en el mundo si no tocaran. Cada instrumento interpreta uno distinto —explicó— y, dependiendo, por supuesto, de la estación y del tiempo, el director escoge la partitura y dirige el día. Pero miren: el sol casi se ha puesto, y en un instante podrán preguntarle a Croma mismo.

Los últimos colores iban desvaneciéndose por el oeste y los instrumentos fueron dejando de tocar uno por uno, hasta que sólo los contrabajos iniciaron la interpretación de la noche con un sombrío movimiento lento, mientras unas campanillas de plata iluminaban las constelaciones. El director dejó caer los brazos cansadamente a sus costados y se quedó inmóvil mientras la oscuridad se apoderaba del bosque.

—Ha sido una puesta de sol muy hermosa —dijo Milo, encaminándose hacia el podio.

—Así debe ser —fue la contestación—; llevamos practicando desde el principio del mundo.

E, inclinándose, el director levantó a Milo del suelo y lo subió al podio.

—Soy Croma el Grande —continuó, gesticulando ampliamente con sus manos—, director de color, maestro de pigmento, y conductor del espectro entero.

—¿Toca todo el día? —preguntó Milo cuando se hubo presentado.

—Ah, sí, todo el día, todos los días —cantó, e hizo unas graciosas piruetas alrededor de la plataforma—. Sólo descanso por la noche, y aún entonces *ellos* siguen tocando.

—¿Qué sucedería si parara? —inquirió Milo, que no creía que el color tuviera ese origen.

—Compruébalo tú mismo —bramó Croma, y levantó ambas manos sobre la cabeza.

De inmediato, los instrumentos dejaron de tocar y al punto todo el color se desvaneció. El mundo parecía un enorme libro de colorear que nunca se hubiera usado. Todo era como sencillos bocetos en blanco y negro, y daba la impresión de que alguien con pinturas del tamaño de una casa y un pincel a escala podría permanecer felizmente ocupado durante años. Entonces, Croma bajó los brazos: los instrumentos comenzaron de nuevo y el color volvió.

—¿Ves cómo sería el mundo sin el color? —dijo, inclinándose hasta que su barbilla casi tocó el suelo—. Pero qué placer dirigir mis violines en una serenata de verde primavera u oír mis trompetas tocar el azul del mar y contemplar después a los oboes teñirlo todo con la dorada luz del sol. Los arco iris son lo mejor de todo... y los resplandecientes anuncios de neón, y las rayas de los taxis y los suaves tonos apagados de un día nublado. Lo tocamos todo.

Milo escuchaba a Croma abriendo los ojos como platos, y Alec, Toc y el Embaucador lo miraban maravillados.

—Ahora necesito dormir un poco —bostezó Croma—. Ha habido relámpagos, fuegos artificiales y desfiles las últimas noches, y he tenido que estar levantado para dirigirlos. Pero esta noche seguro que va a ser tranquila.

Entonces, poniendo su gran mano en el hombro de Milo, dijo:

—Sé bueno y cuida a mi orquesta hasta la mañana, ¿eh? Y despiértame a las 5:23 para tocar el alba. Buenas noches, buenas noches, buenas noches.

Dicho esto, brincó con ligereza desde el podio y, en tres pasos largos, desapareció en el bosque.

—Es una buena idea —dijo Toc acomodándose en la hierba mientras el insecto se adormecía oyendo su zumbido y Alec se estiraba en mitad del aire.

Y Milo, lleno de pensamientos y preguntas, se acurrucó sobre las partituras del día siguiente y esperó ansiosamente el amanecer.

11. Cacófono y Relajín

Las horas pasaron una tras otra y, exactamente a las 5:22 (por el muy preciso reloj de Toc), Milo abrió un ojo con cuidado y, un momento después, el otro. Todo estaba todavía morado, azul oscuro y negro, aunque quedaba apenas un minuto de la larga y tranquila noche. Se estiró perezosamente, se frotó los párpados, se rascó la cabeza, y tiritó una vez como saludo a la neblina de la madrugada.

—Tengo que despertar a Croma para el alba —dijo en voz baja. De repente se preguntó cómo sería dirigir la orquesta y colorear el mundo entero él mismo.

La idea le rondó por la cabeza hasta que decidió que, como no podía ser muy difícil, y como probablemente los músicos sabían muy bien qué hacer por sí mismos, y como le parecía una lástima despertar a nadie tan temprano, y como podría ser su única oportunidad de intentarlo, y como los músicos estaban preparados..., lo haría, pero sólo un ratito.

Y así, mientras todos dormían como benditos, Milo se puso de puntillas, levantó los brazos despacio e hizo el más sutil de los movimientos con el dedo índice de la mano derecha. Eran las 5:23 de la madrugada.

Como si entendiera su señal perfectamente, un flautín
tocó una nota, y allá lejos, al este, un solitario haz de fresca
luz color limón revoloteó por el cielo. Milo sonrió feliz y
entonces, con cuidado, dobló el dedo de nuevo. Esta vez se
incorporaron dos flautines más y una flauta, y tres nuevos
rayos de luz aparecieron bailando ante sus ojos. Entonces
hizo un gran barrido circular en el aire con ambas manos y
vio con delicia cómo todos los músicos comenzaban a tocar
al unísono.

Los violonchelos tiñeron de reluciente rojo las colinas,

y, cuando los violines comenzaron su melodía, las hojas y la hierba cobraron un tierno color verde. Sólo los contrabajos permanecían silenciosos.

Milo estaba exultante porque la orquesta tocaba para él, y todo estaba saliendo a pedir de boca.

"Qué sopresa se llevará Croma" —pensó, indicándoles a los músicos que pararan—. "Lo despertaré".

Pero, en vez de parar, los músicos siguieron tocando cada vez más fuerte, hasta que cada color fue más brillante de lo que pueda imaginarse. Milo se protegió los ojos con una mano y accionó la otra desesperado, pero los colores seguían haciéndose más y más nítidos, hasta que comenzó a suceder algo aún más curioso.

Mientras Milo dirigía frenéticamente, el cielo empezó a cambiar poco a poco de azul a pardo y después a un vívido rojo magenta. Comenzó a caer una nieve verde clara, y las hojas de árboles y arbustos cobraron un color naranja vívido.

De repente, las flores se volvieron negras, las rocas grises adquirieron un suave tono amarillo verdoso, e incluso Toc, que dormía apaciblemente, pasó del castaño a un magnífico ultramar. Nada era del color que debería ser, y lo que es más, los esfuerzos de Milo por corregir lo que estaba pasando no hacían más que empeorar las cosas.

Intentó todo cuanto había visto hacer a Croma, pero nada funcionó. Los músicos tocaban más y más rápido, y el sol púrpura recorría el firmamento a toda velocidad. En menos de un minuto había llegado una vez más al oeste y entonces, sin pausa, subía de nuevo al este. El cielo era ahora amarillo y la hierba ostentaba un encantador matiz

de espliego. Siete veces salió el sol y casi tan rápidamente se
puso, mientras los colores seguían cambiando. En tan sólo
unos minutos había pasado una semana entera.

Al final, un Milo exhausto, que temía pedir ayuda y a
punto de las lágrimas, dejó caer las manos a los costados. La
orquesta se detuvo. Los colores desaparecieron, y una vez
más fue noche. Eran las 5:27 de la madrugada.

—¡Arriba todo el mundo! ¡Es hora de que salga el sol! —gritó con alivio, y rápidamente saltó del podio.

—¡Qué descanso maravilloso! —dijo Croma, caminando hasta él—. Me siento como si hubiera dormido una semana. Vaya vaya, veo que vamos un poco retrasados esta mañana. Tendré que acortar en cuatro minutos mi hora de comer.

Pidió atención con un gesto, y esta vez el amanecer se desarrolló a la perfección.

—¡Buen trabajo! —dijo, propinándole a Milo unas cariñosas palmaditas en la cabeza—. Algún día te dejaré dirigir la orquesta.

Toc meneó el rabo con orgullo, pero Milo no dijo palabra, y hasta el día de hoy nadie sabe de la semana perdida, salvo los pocos que estaban despiertos a las 5:23 de aquella extraña mañana.

—Haríamos bien en marcharnos —dijo Toc, cuyo timbre había comenzado a sonar otra vez—, porque todavía nos queda un buen trecho que recorrer.

Croma se despidió de ellos cuando tomaron de nuevo el camino del bosque, e hizo que todas las flores silvestres resplandecieran en una exhibición grandiosa en honor de los visitantes.

—Siento que no puedan quedarse más tiempo —dijo Alec, abatido—. Queda tanto que ver en el Bosque de las Vistas... Pero supongo que hay mucho que ver en todas partes si sólo mantienen los ojos abiertos.

Caminaron en silencio durante un rato, absortos en sus pensamientos, hasta que llegaron al auto; Alec sacó entonces un bonito telescopio de su camisa y se lo entregó a Milo.

—Llévense esto para el viaje —dijo en voz baja—; es mucho lo que vale la pena ver y a menudo se nos escapa. Con esto verán desde el musgo más pequeño que crece en una grieta del pavimento hasta el resplandor de la estrella más lejana; pero lo más importante de todo es que se ven las cosas tal como realmente son, no como parecen ser. Es mi regalo para ustedes.

Milo guardó el telescopio con cuidado en la guantera, y le tendió la mano a Alec. Entonces pisó el acelerador y, con la cabeza llena de nuevos y extraños pensamientos, salió por el extremo más alejado del bosque.

La suave campiña se había transformado en una serie de subidas y bajadas que hacían bailar los estómagos y fruncirse los entrecejos. Cuando superaron la cima de la colina más alta, apareció un profundo valle. El camino, que por fin parecía decidirse, descendía abruptamente, como si estuviera ansioso de renovar sus relaciones con el centelleante arroyo azul que discurría más adelante. Al llegar al valle notaron que el viento se hacía más fuerte, como si pasara por una chimenea rocosa, y observaron que una mancha coloreada que había frente a ellos iba haciéndose más y más grande.

—¡Parece una carreta! —gritó Milo, nervioso.

—Es una carreta, una carreta de feria —añadió Toc.

Y eso era exactamente. Pintada en rojo vivo, estaba estacionada junto al camino y parecía abandonada. Sobre uno de sus lados, un letrero en enormes letras blancas perfiladas en negro decía CACÓFONO A. MALSUENO, y debajo, en letras negras algo menores perfiladas en blanco, se leía DOCTOR EN DISONANCIA.

—Si hay alguien en casa quizá pueda decirnos cuánto camino nos queda —dijo Milo, deteniéndose junto a la carreta.

Subió de puntillas los tres escalones de madera que llevaban hasta la puerta, llamó bajito, y saltó hacia atrás aterrado, porque en el momento de llamar salió de la carreta un terrible estrépito: parecía como si una vajilla entera se hubiera desplomado del techo a un suelo de piedra. Al mismo tiempo, la puerta se abrió de golpe, y desde el oscuro interior una voz áspera preguntó:

—¿Has oído alguna vez una vajilla que se desplomara del techo a un suelo de piedra?

Milo, que en su sobresalto había rodado por el suelo, se sentó rápidamente, mientras Toc y el Embaucador llegaban corriendo desde el auto para ver qué había sucedido.

—¿Sí o no? —insistió la voz, tan carrasposa que sentías deseos de aclarar tu propia garganta.

—No hasta el momento —contestó Milo, poniéndose en pie.

—¡Ja! Lo suponía —dijo la voz, feliz—. ¿Has oído acaso una hormiga con zapatillas de piel caminar a través de una alfombra de lana gruesa?

Antes de que pudieran contestar, siguió hablando con sus extraños graznidos:

—Bueno, no se queden ahí en el frío; entren, entren. Por suerte han tropezado conmigo; no tienen buena cara ninguno.

El primero en entrar en la carreta fue Toc, ansioso de defender a todo el mundo contra todos los peligros; Milo,

asustado pero curioso, fue el siguiente; el Embaucador, preparado para salir corriendo si había que poner a salvo la vida, entró el último. El interior estaba débilmente iluminado por el vacilante resplandor de una lámpara de techo.

—Muy bien; ahora permítanme que les eche un vistazo —dijo—. T, T, T, T. Muy mal, muy mal; lo suyo es un caso serio.

El polvoriento interior estaba surcado de estantes atestados de tarros y cajas como los que se ven en las antiguas boticas. Parecía que no se hubiera quitado el polvo en años. El suelo estaba lleno de piezas y herramientas, y en la parte trasera había una pesada mesa de madera cubierta de libros, botellas, y vaya usted a saber qué.

—¿Has oído alguna vez a un pulpo desenvolver una bañera envuelta en celofán con los ojos vendados? —preguntó, mientras el aire se llenaba de resonantes crujidos y ensordecedores chasquidos.

Sentado ante una mesa estaba el hombre que los había invitado, midiendo y mezclando con diligencia. Vestía una larga bata blanca, llevaba un estetoscopio alrededor del cuello y un espejo redondo sujeto a la frente, y sus únicos rasgos realmente llamativos eran un bigote minúsculo y unas orejas enormes, cada una tan grande como su cabeza.

—¿Es usted médico? —preguntó Milo, intentando sentirse lo mejor posible.

—Soy CACÓFONO A. MALSUENO, DOCTOR EN DISONANCIA —rugió el hombre; sus palabras fueron acompañadas por varias explosiones pequeñas y un golpazo chirriante.

—¿Qué significa la A? —tartamudeó nervioso el insecto, demasiado asustado para moverse.

—¡ALTÍSIMO SI ES POSIBLE!— bramó el doctor, acompañando su respuesta con dos crujidos y un golpe—. Vamos, acérquense un poco y saquen la lengua. Lo que sospechaba —continuó, abriendo un libro polvoriento grande y hojeando sus páginas—. Sufren una deficiencia aguda de ruido.

Se puso entonces a dar saltos por la carreta, cogiendo botellas de los estantes hasta que se hizo de un buen surtido de diversos colores y tamaños que depositó en un extremo de la mesa.

Todas estaban etiquetadas con cuidado: Gritos Fuertes, Gritos Apagados, Choques, Golpazos, Roturas, Chirridos, Zumbidos, Chasquidos, Silbidos, Ladridos, Maullidos, y Tumulto Diverso. Después de verter un poco de cada una en un vaso grande, removió la mezcla con una cuchara de madera, mirándola con atención mientras humeaba y burbujeaba y hervía y se agitaba.

—Estará listo en un momento —explicó, frotándose las manos.

Milo nunca había visto una medicina de aspecto tan desagradable y no estaba en absoluto ansioso por probarla.

—¿Pero qué clase de doctor es usted? —preguntó, suspicaz.

—Bueno, podría decirse que soy un especialista —dijo el doctor—. Me especializo en ruidos de todos los tipos, desde el más fuerte hasta el más pequeño, y desde el ligeramente molesto hasta el muy desagradable. Por ejemplo, ¿has oído alguna vez a una aplanadora de vapor con ruedas cuadradas aplastando una calle llena de huevos duros?

Mientras lo preguntaba sólo se oían crujidos ensordecedores.

—¿Pero a quién podrían gustarle todos esos ruidos terribles? —preguntó Milo tapándose los oídos.

—A todo el mundo —dijo el doctor, sorprendido—; son muy populares hoy. Vaya, estoy tan ocupado que apenas puedo atender los encargos de píldoras de ruido, loción de motín, ungüento de vociferación, y tónico de alboroto. La gente, hoy, no parece querer otra cosa.

Removió la mezcla un poco más y, al desvanecerse el vapor, prosiguió:

—El negocio no ha marchado siempre tan bien. Hace años todos querían sonidos agradables y, a excepción de unos pocos encargos durante guerras y terremotos, las cosas iban muy mal. Pero entonces se construyeron grandes ciudades y surgió una gran demanda de bocinas estridentes, trenes chirriantes, campanas resonantes, gritos taladrantes, taladros berreantes, desagües gorgoteantes, y todo el resto de esos sonidos maravillosamente desagradables que tanto usamos hoy. Sin ellos, la gente se sentiría muy triste, y yo me encargo de que todos tengan tantos como quieran. Vaya, si tomas un poco de mi medicina cada día, nunca tendrás que volver a oír un sonido agradable. Pruébala, vamos.

—Si no le importa, preferiría no hacerlo —dijo el Embaucador, retrocediendo hasta el rincón más apartado.

—No quiero que me curen de mis sonidos agradables —insistió Milo.

—Además —gruñó Toc, que había decidido que el doctor Malsueno no le gustaba nada—, la deficiencia de ruido no es ninguna enfermedad.

—Claro que no —contestó el doctor, sirviéndose un vaso pequeño del líquido—, por eso es tan difícil de curar. Sólo trato enfermedades que no existen: de esa manera, si no las puedo curar no pasa nada; precauciones del oficio.

Al ver que nadie iba a probar su medicina, se volvió

de nuevo al estante, cogió una botella de color ámbar oscuro, la desempolvó con cuidado, y la puso sobre la mesa, frente a él.

—Muy bien, si quieren sufrir de por vida una deficiencia de ruido, se lo daré todo al RELAJÍN para almorzar —dijo, descorchando la botella con un chasquido hueco.

Por un momento todo fue quietud, mientras Milo, Toc y el Embaucador miraban atentamente la botella, preguntándose qué haría después el doctor Malsueno. Entonces, muy débilmente al principio, oyeron un retumbo que parecía sonar a millas de distancia. Se hizo más y más y más fuerte y más y más y más próximo, hasta convertirse en un rugido ensordecedor, que parecía proceder de la minúscula botella. Un momento después, salieron de ésta gruesas espirales de humo azulado que llegaron hasta el techo, espirales que poco a poco fueron convirtiéndose en manos, pies, un par de ojos amarillos, y una gran boca fruncida. Tan pronto como todo el humo salió de la botella asió el vaso de líquido, echó hacia atrás lo que parecía ser su cabeza, si realmente tenía cabeza, y se lo bebió todo en tres tragos.

—¡¡¡A-H-H-H, QUÉ BIEN, AMO!!! —bramó, sacudiendo la carreta entera—. Creí que nunca me dejarías salir. Estoy terriblemente apretado ahí dentro.

—Éste es mi asistente, el pavoroso RELAJÍN —dijo el doctor Malsueno—. Tienen que disculpar su aspecto, porque realmente no tiene ninguno. Ya ven, es un huérfano al que crié sin el beneficio de una institutriz ni de ninguna otra ayuda para…

—¡No hay ninguna institutriz buena! —interrumpió el RELAJÍN, doblándose de risa (si se pueden imaginar un humo azulado y denso doblándose de risa).

—Porque lo encontré —continuó el doctor, ignorando la interrupción— viviendo solo en una botella de refresco abandonada, sin familia ni parientes ni nadie que lo quisiera.

—¡No hay ninguna sobrina buena! —rugió el RELAJÍN de nuevo, con una risa que sonó como varias sirenas ululando a la vez, y se palmoteó en el lugar donde debería tener la rodilla.

—Y lo traje aquí —continuó el doctor Malsueno,

exasperado—, donde, a pesar de su falta de forma, lo preparé...

—¡No hay ninguna nariz buena! —atronó el RELAJÍN una vez más, al tiempo que sufría otro ataque de histeria y se agarraba los costados.

—Hice de él mi ayudante en el negocio de preparar y expender ruido —terminó el doctor, secándose la frente con un pañuelo.

—¡No hay ningún ruido bueno! —exclamó el Embaucador, feliz, intentando captar el meollo de la cuestión.

—¡¡¡ESO NO TIENE NINGUNA GRACIA!!! —gimoteó el RELAJÍN, que se fue a un rincón y se instaló allí, enfurruñado.

—¿Qué es un RELAJÍN? —preguntó Milo cuando se hubo recuperado del choque de haberlo visto aparecer.

—¿Quieres decir que nunca te habías encontrado con el pavoroso RELAJÍN? —dijo el doctor Malsueno en tono sorprendido—. Vaya, creí que todo el mundo lo conocía. Cuando estás jugando en tu cuarto y haces mucho ruido, ¿qué te dicen que hagas?

—Que pare ese relajo —admitió Milo.

—Y cuando los vecinos ponen la radio demasiado fuerte, a altas horas de la noche, ¿qué te gustaría que hicieran?

—Que dejaran de armar relajo —respondió Toc.

—Y cuando arreglan tu calle y los taladros neumáticos funcionan todo el día, ¿de qué se queja todo el mundo?

—Del horrible relajo —ofreció el Embaucador siempre brillante.

—El horrible RELAJÓN —gritó el RELAJÍN, angustiado—

era mi abuelo. Pereció en la gran epidemia de silencio de 1712.

Milo se puso tan triste viendo al pobre RELAJÍN, que le dio su pañuelo, viendo cómo se cubría inmediatamente de humosas lágrimas azuladas.

—Gracias —gimió el RELAJÍN—, muy amable. Pero no puedo comprender por qué no te gusta el ruido —dijo—. Fíjate, la semana pasada oí una explosión tan bonita que lloré durante dos días.

El simple recuerdo lo trastornó tanto, que comenzó a sollozar de nuevo, profiriendo gemidos semejantes a un puñado de uñas que arañaran un pizarrón de una milla de largo. Enterró la cabeza en el regazo del doctor.

—Es muy sensible, ¿no? —preguntó Milo, intentando consolar al emotivo RELAJÍN.

—Pues sí —convino el doctor Malsueno—. Pero tiene razón, porque ya saben que el ruido es la cosa más valiosa del mundo.

—El rey Azaz dice que lo son las palabras —dijo Milo.

—¡SANDECES! —rugió el doctor—. Cuando un bebé tiene hambre, ¿cómo pide de comer?

—¡Berrea! —contestó el RELAJÍN levantando animado la cabeza.

—¿Y cuando un automóvil necesita gasolina?

—¡Petardea! —gritó, saltando de alegría.

—Cuando un río quiere agua, ¿qué hace?

—¡Borbotea! —bramó el RELAJÍN, derrumbándose con un ataque de risa incontrolada.

—¿Y qué sucede cuando comienza un nuevo día?

—¡Albea! —exclamó alegremente desde el suelo, con una expresión de éxtasis en la cara.

—Ya ves qué sencillo es —le dijo el doctor a Milo, que no lo veía en absoluto. Y entonces, volviéndose hacia el RELAJÍN, sonriente pero manchado de lágrimas, comentó—: ¿No es hora de que te vayas?

—¿Adónde? —preguntó Milo—. Quizá llevemos el mismo camino.

—Me parece que no —contestó el RELAJÍN, cogiendo una brazada de sacos vacíos de la mesa—, porque yo voy a salir a recolectar ruido. Ya ven, una vez al día recorro el reino y recojo todos los ruidos maravillosamente horribles y hermosamente desagradables que se han hecho, los meto en mis sacos y los traigo aquí para que el doctor prepare sus medicinas.

—¡Y buen trabajo que hace! —dijo Malsueno dando un puñetazo en la mesa.

—Dondequiera que haya ruido, allí me encontrarán —dijo el RELAJÍN con una sonrisa apreciativa—; y tengo que darme prisa, porque según mis noticias hoy va a haber un chirrido, algunos golpazos y una pizca de pandemónium.

—¿Y en qué dirección van ustedes? —preguntó el doctor, preparando otra mezcla.

—A Digitópolis —contestó Milo.

—Qué mala suerte —dijo el RELAJÍN, deslizándose hacia la puerta—; qué infortunio, porque entonces tienen que atravesar el Valle del Sonido.

—¿Eso es malo? —preguntó el Embaucador, siempre dispuesto a preocuparse.

El RELAJÍN se detuvo en el umbral con una mirada de supremo horror en su cara casi desprovista de rasgos, y el doctor se estremeció de una forma que sonaba como si un tren de carga descarrilara sobre un flan del tamaño de una montaña.

—Bien pueden preguntarlo, aunque muy pronto lo averiguarán —fue todo lo que dijo, mientras se despedía de ellos con tristeza y el RELAJÍN salía a toda prisa para recorrer su ruta.

12. El valle silencioso

"Qué agradable y qué bonito es este valle", pensó Milo mientras saltaban a lo largo de la carretera, el Embaucador tarareaba fragmentos de viejas canciones, lo que parecía divertirle enormemente, y Toc olisqueaba el aire con satisfacción. "No entiendo por qué el doctor Malsueno estaba tan preocupado; lo más seguro es que no haya nada desagradable en este camino".

Y, mientras este pensamiento cruzaba su mente, atravesaron un macizo pórtico de piedra, y todo cambió de golpe.

Al principio era difícil decir qué había cambiado —todo tenía el mismo aspecto y todo olía igual—, pero, por alguna razón, nada sonaba igual.

—Me pregunto qué pasa —dijo Milo.

O al menos intentó decirlo, porque, aunque sus labios se movieron, no salió de su boca ni un sonido.

Y de repente se dio cuenta de que Toc había dejado de sonar y el Embaucador, aunque cantaba feliz, lo hacía en completo silencio. El viento no arrancaba susurros de las hojas, el automóvil había dejado de chirriar, y los insectos no zumbaban en los campos. No se oía ni el menor sonido, y parecía como si, de algún modo misterioso, alguien hubiera pulsado un interruptor y todo el sonido del mundo se hubiera apagado en aquel mismo instante.

El Embaucador, dándose cuenta de repente de lo que había sucedido, brincó aterrorizado, y Toc se puso a comprobar con preocupación si se había parado. Era ciertamente una sensación extraña saber que, por más que se gritara o se susurrara, se resonara o se retumbara, todo quedaba en lo mismo: en nada.

"Qué espantoso", pensó Milo, reduciendo la velocidad del coche.

Los tres se pusieron a hablar y a gritar sin ningún resultado hasta que, al mirar a los lados, se dieron cuenta de que se habían metido en medio de una muchedumbre que iba camino adelante. Algunos cantaban a todo lo que daban sus inexistentes voces y otros llevaban pancartas que decían:

ABAJO EL SILENCIO

ESTAR SIN RUIDO ES ABURRIDO

ES PLAUSIBLE SER AUDIBLE

MÁS SONIDO PARA TODOS

Y una enorme pancarta ordenaba simplemente:

OIGAN

Excepto por las pancartas y por un gran cañón de bronce que arrastraban, todos se parecían mucho a los residentes de cualquier otro valle pequeño que uno no conoce.

Cuando el automóvil se hubo parado, uno levantó un cartel que decía: "BIENVENIDOS AL VALLE DEL SONIDO". Y los demás gritaron tan alto como pudieron, lo que fue exactamente igual a nada en absoluto. "¿HAN VENIDO EN NUESTRA AYUDA?", inquirió otra, adelantándose con su pregunta. "POR FAVOR", enseñó un tercero.

Milo trató desesperadamente de decir quién era y adónde iba, pero en vano. Mientras lo intentaba, cuatro carteles más anunciaron:

MIRE CUIDADOSAMENTE

Y NOSOTROS

LE CONTAREMOS

NUESTRA TERRIBLE DESGRACIA

Y, mientras dos levantaban una gran pizarra, un tercero, escribiendo con tanta rapidez como podía, les explicó por qué todo era silencio en el Valle del Sonido.

"En un lugar del valle no lejos de aquí —comenzó—, donde los ecos solían reunirse y los vientos venían a descansar, hay una gran fortaleza de piedra en la que mora la Guardasonidos, que gobierna esta tierra. Cuando el viejo rey de Sabiduría desterró a los demonios a las montañas distantes, la nombró tutora de todos los ruidos y sonidos pasados, presentes y futuros.

"Durante años mandó como una reina prudente y amada: cada mañana, al alba, liberaba nuevos sonidos, que los vientos transportaban a lo largo y a lo ancho del reino, y cada noche, cuando la luna se ponía, reunía los sonidos viejos, para catalogarlos y archivarlos en vastas bóvedas de almacenaje construidas bajo tierra.

El que escribía se detuvo un momento para enjugarse la frente, borrar la pizarra, cubierta con todo lo que había contado hasta entonces, y empezar otra vez.

"Era generosa hasta decir basta y nos suministró todos aquellos sonidos que podíamos usar: para cantar mientras trabajábamos, para ollas borbollantes, para el chasquido de un hacha y la caída de un árbol, para el chirrido de un gozne y el grito de una lechuza, para el gorgoteo de un zapato en el lodo y el amistoso golpeteo de la lluvia sobre el tejado, para la dulce música de las gaitas y el súbito crujido del hielo invernal que se agrieta en el suelo".

Hizo una nueva pausa mientras una lágrima de añoranza le bajaba por la mejilla hasta los labios, dejando en ellos el sabor agridulce de los viejos recuerdos.

"Después de usados, todos estos sonidos se colocaban cuidadosamente en orden alfabético y se guardaban para utilizarse como futura referencia. Todos vivían en paz y el valle se convirtió en el lugar feliz del sonido. Pero entonces las cosas empezaron a cambiar.

"Despacio al principio, y después en alud, vino más gente para establecerse aquí trayendo nuevas maneras y nuevos sonidos, algunos muy hermosos y otros menos. Pero todos estaban tan atareados con las cosas que había que hacer, que apenas tenían tiempo para escuchar nada. Y, como sabes, un sonido no escuchado desaparece para siempre y jamás vuelve a saberse de él.

"La gente se reía menos y rezongaba más, cantaba poco y gritaba mucho, y los sonidos que proferían se hicieron más fuertes y feos. Llegó a ser difícil incluso oír a los pájaros o la brisa, y pronto todo el mundo dejó de escucharlos.

Limpió el pizarrón por segunda vez y, mientras el Embaucador ahogaba un sollozo, se puso a escribir de nuevo.

"La Guardasonidos estaba cada vez más preocupada y más desconsolada. Cada día había menos sonidos que recoger, y la mayoría casi no valían la pena. Muchos creían que era el tiempo, y otros culparon a la luna, pero la opinión general sostenía que el problema había comenzado con el destierro de Rima y de Razón. Pero, fuera cual fuere la causa, nadie sabía qué hacer.

"Un día el doctor Malsueno apareció en el valle con su carreta de medicinas y el RELAJÍN de humo azulado. Hizo un examen concienzudo, prometió curar a todos de todo, y la Guardasonidos le permitió intentarlo.

"El doctor Malsueno dio varias cucharadas de una medicina de sabor repugnante a cada adulto y a cada niño: funcionó, pero no como se esperaba. Curó a todos de todo excepto del ruido. La Guardasonidos se puso furiosa. Tras echarlo del valle para siempre promulgó el siguiente decreto:

DE HOY EN ADELANTE, EL VALLE DEL SONIDO PERMANECERÁ SILENCIOSO. PUESTO QUE NADIE APRECIA EL SONIDO, DECLARO SU ABOLICIÓN. POR FAVOR, DEVUELVAN A LA FORTALEZA INMEDIATAMENTE TODO SONIDO NO UTILIZADO.

"Y así ha sido desde entonces —concluyó con tristeza—. Nada podemos hacer por cambiarlo, y cada día se comunican nuevas escaseces.

Un hombre pequeño, con los brazos llenos de cartas y mensajes, se abrió paso entre la muchedumbre y se los ofreció a Milo. Éste cogió uno que decía:

Estimada Guardasonidos:

Hubo una tormenta la semana pasada y los truenos todavía no han llegado. ¿Cuánto tenemos que esperar?

Sinceramente,
Un amigo

Tomó entonces un telegrama que decía:

EL CONCIERTO DE LA BANDA GRAN ÉXITO PUNTO CUÁNDO LLEGARÁ LA MÚSICA PUNTO

"Ven ahora —continuó el que escribía— por qué ustedes tienen que ayudarnos a atacar la fortaleza y liberar el sonido".

"¿Qué podemos hacer?" escribió Milo.

"Tienen que visitar a la Guardasonidos en la fortaleza y traer un sonido, por pequeño que sea, con el cual cargar nuestro cañón. Si podemos alcanzar los muros con un ruido, aunque sea débil, se derrumbarán y liberarán el resto. No será sencillo, porque es difícil de engañar, pero tienen que intentarlo".

Milo lo pensó un instante y con un "lo haré" decidido se ofreció a ir.

A los pocos minutos se erguía gallardamente a la puerta de la fortaleza:

"Toc, toc, toc", escribió con cuidado en un pedazo de papel, que metió por la rendija inferior.

Las grandes hojas se abrieron al punto y, mientras se cerraban tras él, oyó una gentil voz que decía melodiosamente:

—Por aquí, adelante; estoy en la sala.

—¿Puedo hablar ahora? —gritó Milo, feliz al oír su voz de nuevo.

—Sí, pero sólo aquí —contestó ella con suavidad—. Entra en la sala.

Milo recorrió lentamente el largo corredor y entró en la

pequeña estancia donde la Guardasonidos se sentaba escuchando con gran atención un enorme aparato de radio, cuyos interruptores, cuadrantes, perillas, botones y altavoces cubrían la pared entera, y que en ese momento no emitía sonido alguno.

—¿No es precioso? —suspiró—. Es mi programa favorito: quince minutos de silencio y después media hora de calma y luego un interludio de acallamiento. ¿Sabes que hay casi tantos tipos de silencio como de sonidos? Pero lo triste es que, en la actualidad, nadie les presta la menor atención. ¿Has oído alguna vez el maravilloso silencio antes del amanecer? —inquirió—. ¿O la calma después de la tormenta? ¿O conoces acaso el silencio de cuando una pregunta que has hecho queda sin respuesta, o el callado sendero que cruza el campo de noche, o la pausa expectante que se produce en una habitación llena de gente cuando alguien se dispone a hablar o, el más hermoso de todos, el que se percibe cuando cierras la puerta y sabes que estás solo en casa? Cada uno es diferente, y todos muy bellos, si los escuchas con atención.

Mientras hablaba, las miles y miles de campanitas que la cubrían de los pies a la cabeza tintinearon suavemente y, como si respondiera, el teléfono también empezó a sonar.

"Para ser alguien que ama el silencio es evidente que habla demasiado", pensó Milo.

—Hubo un tiempo en que podía oír cualquier sonido hecho en cualquier lugar y cualquier época —comentó la Guardasonidos, indicando la pared de la radio—, pero ahora sólo...

—Discúlpeme —interrumpió Milo, ya que el teléfono seguía sonando—, ¿no va usted a contestar?

—Oh, no, de ningún modo; nunca en medio del programa —respondió ella, y subió el silencio un poco más.

—Pero puede ser importante —insistió Milo.

—Qué va —aseguró la Guardasonidos—, soy yo. Esto es tan solitario, sin sonidos que repartir o recoger, que me llamo siete u ocho veces al día para ver cómo estoy.

—¿Cómo está usted? —preguntó Milo cortésmente.

—No muy bien, me temo; parece que tengo un pequeño ataque de estática —se quejó la Guardasonidos—. Pero ¿qué te trae por aquí? Ya lo sé, claro: vienes a visitar las bóvedas.

Sólo se abren al público los lunes de dos a cuatro, pero como has venido desde tan lejos haremos una excepción. Sígueme, por favor.

Se puso en pie de un salto, acompañada por un coro de repiqueteos y campanilleos, y se dirigió pasillo adelante.

—¿No te encantan los repiqueteos y los campanilleos? A mí sí —dijo—. Además, son muy convenientes porque siempre me pierdo en esta gran fortaleza, y todo lo que tengo que hacer es escuchar para saber exactamente dónde estoy.

Entraron en un minúsculo ascensor en forma de jaula y descendieron durante unos tres cuartos de minuto, deteniéndose al fin en una inmensa bóveda, con interminables filas de archivadores y cajones de almacenaje que se extendían en todas direcciones y que iban del suelo al techo.

—Todos los sonidos que se han producido en la historia se guardan aquí —dijo la Guardasonidos, avanzando por uno de los corredores llevando a Milo de la mano—. Por ejemplo, mira esto —abrió uno de los cajones y sacó un pequeño sobre marrón—. Es la tonada exacta que silbaba George Washington cuando cruzó el Delaware la noche helada de mil setecientos setenta y siete.

Milo escudriñó el sobre y efectivamente, allí estaba.

—Pero ¿por qué los recoge todos? —preguntó mientras ella cerraba el cajón.

—Si no lo hiciera —dijo la Guardasonidos mientras caminaba por la bóveda—, el aire estaría lleno de ruidos viejos y antiguos sonidos que irían de un lado a otro rebotando en las cosas. Sería terriblemente confuso, porque nunca sabrías si oyes uno viejo o uno nuevo. Además, me gusta coleccionar, y sonidos es lo que más hay en el mundo. Fíjate, tengo aquí desde el zumbido de un mosquito de hace millones de años hasta lo que tu madre te ha dicho esta mañana y, si vuelves dentro de dos días, tendré lo que te diga mañana. Es realmente muy sencillo, ya verás: di una palabra, la que sea.

—¡Hola! —dijo Milo, a quien no se le ocurrió otra cosa.

—¿Dónde crees que ha ido? —preguntó ella con una sonrisa.

—No sé —dijo Milo, encogiéndose de hombros—. Siempre pensé que...

—Lo mismo le pasa a la mayoría de la gente —tarareó ella, escudriñando uno de los corredores—. Ahora, déjame ver: primero buscamos el archivador con los sonidos de hoy. Ah, aquí está. Entonces miramos en la S de saludos, luego buscamos la M de Milo, y aquí lo tienes, en su sobre. Así que ya ves, el sistema es bastante automático. Es una lástima que apenas lo usemos ya.

—Es maravilloso —exclamó Milo—. ¿Puedo quedarme con un sonido pequeño de recuerdo?

—Ciertamente —dijo ella con orgullo.

Pero entonces, pensándolo mejor, agregó:

—No. Y no intentes coger uno, porque está estrictamente prohibido.

Milo se quedó abatido. No tenía la menor idea de cómo robar un sonido, ni siquiera el más pequeño, porque la Guardasonidos no le quitaba el ojo de encima.

—¡Veamos ahora los talleres! —gritó ella, haciéndole

cruzar otra puerta e introduciéndolo en un gran laboratorio abandonado, lleno de viejas herramientas, polvorientas y oxidadas.

—Aquí es donde solíamos inventar los sonidos —dijo ella con tono melancólico.

—¿Había que inventarlos? —preguntó Milo, sorprendido por casi todo lo que ella le contaba—. Creí que simplemente *eran*.

—Nadie se da cuenta de cuánto nos cuesta hacerlos —se quejó la Guardasonidos—. Vaya, hubo un tiempo en que este taller estaba atestado y en funcionamiento de la mañana a la noche.

—¿Pero cómo se puede inventar un sonido? —preguntó Milo.

—Oh, es muy fácil —dijo ella—: primero hay que decidir su aspecto exacto, porque cada sonido tiene una forma y un tamaño propios. Entonces se fabrican algunos aquí en el taller, se muelen tres veces hasta obtener un polvo invisible, y cuando hacen falta se echa un poco de este polvo en el aire.

—Pero yo nunca he visto un sonido —insistió Milo.

—Afuera nunca se ven —dijo ella, señalando con su brazo en una dirección indefinida—, salvo muy raras veces, en las mañanas muy frías, cuando se congelan. Pero aquí los vemos todo el tiempo. Deja que te lo enseñe.

La Guardasonidos cogió un bastón acolchado y golpeó un timbal seis veces. Seis grandes bolas algodonosas, cada una de unos dos pies de diámetro, rodaron silenciosamente por el suelo.

—Ya lo ves —dijo ella, poniendo unas cuantas en un molinillo de gran tamaño y accionándolo—. Ahora escucha.

Y cogiendo un pellizco del polvo invisible lo tiró por el aire: se oyó algo así como BUM, BUM, BUM, BUM.

—¿Sabes qué aspecto tiene una palmada?

Milo sacudió la cabeza.

—Inténtalo —ordenó ella.

Milo palmoteó una vez, y una hoja única de limpio papel blanco revoloteó hasta el suelo. Dio tres palmadas más y otras tres hojas hicieron lo mismo. Entonces se puso a aplaudir tan rápido como pudo y una gran cascada de papeles llenó el aire.

—¿No es sencillo? Y es lo mismo para todos los sonidos. Si piensas en ello, pronto sabrás qué aspecto tiene cada uno. Piensa en la risa, por ejemplo —dijo ella, riéndose animadamente, y miles de burbujas minúsculas de vivos colores volaron y estallaron silenciosamente en el aire—. O el habla —continuó—. Puede ser ligera y airosa, afilada y punzante, pero me temo que la mayor parte de las veces es simplemente torpe y pesada.

—¿Y la música? —preguntó Milo nervioso.

—Ahí mismo la tienes; la tejemos en nuestros telares. Las sinfonías son esas grandes y hermosas alfombras con todos los ritmos y las melodías. Los conciertos son estos tapices, y todas aquellas piezas de paño son serenatas, valses, oberturas y rapsodias. Y también tenemos algunas de las canciones que cantas tú a menudo —gritó, levantando un puñado de pañuelos de colores brillantes.

La Guardasonidos se detuvo un momento y dijo con tristeza:

—Tuvimos incluso una sección que no hacía otra cosa que poner el sonido del océano en las caracolas del mar. Éste fue una vez un lugar muy feliz.

—¿Entonces por qué no hace sonidos para todos? —gritó Milo, tan ansiosamente que la Guardasonidos saltó hacia atrás por la sorpresa.

—¡No grites tanto, joven! Si hay algo que nos hace mucha falta es menos ruido. Ahora ven conmigo y te lo contaré todo…, ¡y deja eso ahora mismo! —este último comentario se debía a que Milo estaba haciendo grandes esfuerzos por meterse uno de los toques de timbal en el bolsillo de atrás.

Volvieron rápidamente a la sala, y cuando la Guardasonidos se hubo instalado en una silla y sintonizado la radio cuidadosamente para escuchar una hora especial de silencio, Milo repitió su pregunta una vez más, en voz algo más baja.

—No me hace feliz retener los sonidos —comenzó ella en voz baja—, porque, si los escuchamos con atención, pueden contarnos cosas mucho mejor que las palabras.

—Pero, si es así —indagó Milo, y no tenía ninguna duda al respecto—, ¿no debería liberarlos?

—¡JAMÁS! —gritó ella—. Los utilizan para hacer horrorosos ruidos, feos de ver y peor de oír. Dejo todo eso para el doctor Malsueno y para ese horrible, espantoso RELAJÍN.

—Pero algunos ruidos son buenos, ¿no? —insistió Milo.

—No te digo que no —contestó la Guardasonidos con terquedad—, pero, si no hacen los sonidos que me gustan, no harán ninguno.

—Pero… —comenzó a decir Milo, y no pasó de ahí.

Porque, mientras iba a decir que aquéllo no le parecía demasiado justo (una reflexión que la tozuda Guardasonidos tal vez no tomaría a bien), descubrió de repente de qué modo iba a llevarse su pequeño sonido de la fortaleza. En el instante de decir la palabra y antes de que escapara, cerró los labios de golpe y el "pero" quedó atrapado en su boca, hecho pero no hablado.

—Bien, no voy a retenerte todo el día —dijo ella con impaciencia—. Ahora vuelve tus bolsillos al revés para que compruebe que no has robado nada y podrás marcharte cuando quieras.

Cuando la Guardasonidos quedó satisfecha, Milo se despidió inclinando la cabeza, porque habría sido muy poco práctico decir "Gracias" o "Buenas tardes", y atravesó la puerta a todo correr.

13. Conclusiones desacertadas

Cerrando la boca con fuerza y moviendo los pies a toda la velocidad que sus pensamientos le permitían, Milo regresó al auto. A su llegada se produjo un gran alboroto, y Toc echó a correr alegremente camino abajo para darle la bienvenida. El Embaucador aceptó en persona todas las felicitaciones ofrecidas por la multitud.

"¿Dónde está el sonido?", garabateó alguien a toda prisa en la pizarra, y todos se quedaron expectantes en espera de la respuesta.

Milo recobró el aliento, cogió la tiza y explicó con toda sencillez:

"Lo tengo en la punta de la lengua".

Varias personas lanzaron entusiasmadas sus sombreros al aire, otras vocearon lo que debería haber sido un resonante hurra, y el resto empujó el pesado cañón hasta su emplazamiento. Lo apuntaron hacia la parte más gruesa de la muralla de la fortaleza y lo llenaron de pólvora.

Milo se puso de puntillas, inclinó la cabeza sobre la boca del cañón y entreabrió los labios. El pequeño sonido cayó en silencio hasta el fondo y todo quedó listo. En un instante la mecha estaba encendida y desprendiendo chispas.

"Espero que nadie salga lastimado", pensó Milo.

Y, antes de que le diera tiempo de pensar más, una inmensa nube de humo gris y blanco salió del cañón, y junto con ella, tan bajo que era casi inaudible, el sonido de…

PERO.

Voló hacia la muralla durante unos segundos formando un arco alto y perezoso, y por fin hizo impacto con gran delicadeza justo a la derecha del gran portón. Durante unos instantes se produjo un silencio ominoso y aún más profundo que el que jamás hubieran sentido, como si hasta el aire estuviera conteniendo la respiración.

Y entonces, casi de inmediato, se oyó un ruido atronador, colosal, ensordecedor, seguido de un estruendo estrepitoso, explosivo, abrumador, y hasta la última piedra de la fortaleza rodó por el suelo y se abrieron las bóvedas, vertiendo al viento los sonidos de la historia.

Todos los sonidos producidos o emitidos desde los remotos tiempos en que no había ninguno hasta los tiempos en que había demasiados, salieron disparados de entre los escombros de modo tal que se hubiera dicho que toda la gente del mundo reía, silbaba, gritaba, lloraba, cantaba, susurraba, tarareaba, chillaba, tosía y estornudaba a la vez.

Por allí flotaban fragmentos de viejos discursos, al igual que lecciones recitadas, disparos de antiguas batallas, llantos de niños, bocinas de automóviles, cataratas, ventiladores eléctricos, galopar de caballos, y buena parte de todo lo demás.

Durante unos instantes hubo una ensordecedora y absoluta confusión, pero entonces, casi tan deprisa como

habían aparecido, los viejos sonidos desaparecieron al otro lado de la colina en pos de su recién hallada libertad, y todo volvió a la normalidad.

La gente se enfrascó de nuevo en sus bulliciosos asuntos y, al despejarse el humo y el polvo, sólo Milo, Toc y el Embaucador se dieron cuenta de que la Guardasonidos estaba sentada con aspecto desconsolado sobre un montón de escombros.

—Lo siento mucho —dijo Milo, comprensivo, cuando los tres se acercaron a consolarla.

—Pero teníamos que hacerlo —añadió Toc, husmeando entre las ruinas.

—¡Qué terrible desorden! —observó el Embaucador con su singular habilidad para decir siempre lo más inoportuno.

La Guardasonidos miró a su alrededor con una expresión de profunda tristeza en su rostro desolado.

—Llevará años recoger de nuevo todos esos sonidos —sollozó—, y más aún volver a ponerlos en orden. Pero todo es culpa mía. No es posible mejorar el sonido a base de tener sólo silencio. De lo que se trata es de usar cada cosa en el momento adecuado.

Mientras decía eso, se oyó el familiar e inconfundible *scuinch-scuanch, scuinch-scuanch* de los pesados pasos del RELAJÍN, que caminaba con gran trabajo colina arriba. Cuando apareció por fin, llevaba a rastras un saco increíblemente grande.

—¿Le sirven de algo a alguien estos sonidos? —jadeó, enjugándose el sudor de la frente—. Aparecieron todos de golpe al otro lado de la colina y ninguno de ellos es lo bastante horrible para mi gusto.

La Guardasonidos se asomó al interior del saco y allí estaban todos los sonidos que habían escapado de las bóvedas.

—¡Qué amable por su parte el habérmelos devuelto! —exclamó, entusiasmada—. En cuanto esté reparada mi fortaleza, usted y el doctor tienen que venir a visitarme. Pasaremos la velada escuchando la música más hermosa.

La mera idea horrorizó hasta tal punto al RELAJÍN, que se excusó presuroso y salió disparado carretera abajo lleno de pánico.

—Espero no haberlo ofendido —dijo ella un tanto preocupada.

—Sólo le gustan los sonidos desagradables —ofreció Toc a modo de explicación.

—Ah, cierto —suspiró ella—; siempre se me olvida que eso le pasa a mucha gente. Pero supongo que son necesarios, porque no habría forma de saber lo agradable que es un sonido sin saber hasta qué punto no es desagradable —se interrumpió por un instante y luego continuó—: Si tan sólo Rima y Razón estuvieran aquí, estoy segura de que todo iría mejor.

—Por eso mismo vamos a rescatarlas —dijo Milo lleno de orgullo.

—¡Será un viaje largo y difícil! Necesitarán algunas provisiones —exclamó ella, tendiéndole a Milo un pequeño paquete marrón pulcramente envuelto y atado con un cordel—. Ahora bien, recuérdenlo: esto no es para comer, sino para escuchar, ya que a menudo tendrán hambre de sonidos, y no sólo de alimentos. Aquí llevan sonidos de calles por la noche, silbidos de trenes en la distancia, el crepitar de hojas secas ardiendo, bullicio de grandes almacenes, sonido de tostadas crujientes, rechinido de resortes de cama y, por supuesto, toda clase de risas. Hay un poco de todo, y en lugares solitarios y remotos creo que les alegrará tenerlos con ustedes.

—Seguro que será así —asintió Milo, agradecido.

—Sólo tienen que coger este camino hacia el mar y girar a la izquierda —les dijo ella—. No tardarán en llegar a Digitópolis.

Y casi antes de que hubiera terminado de hablar, ya se habían despedido y habían dejado atrás el valle.

La costa era pacífica y llana, y el mar en calma la embestía juguetón a todo lo largo de la playa arenosa. En la distancia, una hermosa isla cubierta de palmeras y flores parecía llamarlos, tentadora, desde las brillantes aguas.

—A partir de ahora, todo irá bien —exclamó jubiloso el Embaucador, y, dicho y hecho, salió despedido del coche como si le hubieran clavado un alfiler, precipitándose por los aires hasta la mismísima isla.

—Y tendremos tiempo para dar y tomar —replicó Toc, sin darse cuenta de que el insecto había desaparecido. Y también él dio un brinco repentino y desapareció por los aires.

—Desde luego, el día no podría ser más estupendo —asintió Milo, demasiado pendiente de la carretera para darse cuenta de que los otros dos ya no estaban con él. Y en un abrir y cerrar de ojos, también él se esfumó.

Aterrizó junto a Toc y el aterrorizado Embaucador en la diminuta isla, que desde allí tenía un aspecto completamente distinto. En vez de palmeras y flores, sólo había rocas y tocones retorcidos de árboles que llevaban mucho tiempo muertos. Desde luego, no parecía el mismo sitio que habían visto desde la carretera.

—Perdone —le dijo Milo al primer hombre que pasó por allí—, ¿podría decirme dónde estoy?

—Perdona —le respondió el hombre—, ¿podrías decirme quién soy?

El hombre llevaba puesta una peluda chaqueta de paño escocés, unos bombachos con medias largas de lana y una gorra con visera por delante y por detrás, y parecía confundido hasta decir basta.

—¡Tiene usted que saber quién es! —dijo Milo con impaciencia.

—¡Tú tienes que saber dónde estás! —respondió él con no menos irritación.

—Oh, cielos, esto va a ser complicado —le susurró Milo a Toc—. Me pregunto si podremos ayudarlo.

Conferenciaron entre ellos durante unos minutos y por fin el insecto levantó la vista y dijo:

—¿Podría usted describirse a sí mismo?

—Desde luego que sí —replicó el hombre satisfechísimo—. Soy tan alto como se puede —y se estiró hacia arriba hasta que sólo se le podían ver los zapatos y los calcetines—, y tan bajo como se puede —y se encogió hasta el tamaño de un guijarro—. Soy tan generoso como se puede —dijo

tendiéndoles a cada uno de ellos una gran manzana roja—, y tan egoísta como se puede —gruñó, arrancándoselas de las manos—. Soy tan fuerte como se puede —bramó, levantando un enorme peñasco a pulso por encima de su cabeza—, y tan débil como se puede —jadeó, tambaleándose bajo el peso de su gorra—. Soy tan listo como se puede —afirmó en doce idiomas diferentes—, y tan estúpido como se puede —reconoció, calzándose los dos pies con el mismo zapato—. Soy tan garboso como se puede —canturreó, manteniéndose en equilibrio sobre la punta de un pie—, y tan torpe como se puede —exclamó, metiéndose un dedo en un ojo—. Soy tan rápido como se puede —anunció, corriendo dos veces alrededor de la isla en un santiamén—, y tan lento como se puede— se lamentó, despidiéndose con la mano de una tortuga—. ¿Les sirve eso de ayuda?

Una vez más conferenciaron con excitados susurros hasta que los tres se pusieron de acuerdo.

—En realidad la cosa es muy sencilla —dijo el Embaucador haciendo molinetes con su bastón.

—Si todo lo que dice es cierto —añadió Toc.

—De ser así, y sin la menor duda —concluyó Milo, muy animado—, usted tiene que ser Todopuedo.

—Por supuesto, claro, por supuesto —clamó el hombre—. ¿Por qué no se me habrá ocurrido a mí? Estoy tan contento como se puede —luego se sentó de golpe, puso la cabeza entre las manos y suspiró—. Pero también estoy tan triste como se puede.

—¿Me dirá ahora dónde estamos? —preguntó Toc mirando a su alrededor a la isla desolada.

—Desde luego —dijo Todopuedo—; están en la Isla de las Conclusiones. Pónganse cómodos. Es probable que pasen en ella algún tiempo.

—¿Pero cómo hemos llegado aquí? —preguntó Milo, que aún estaba algo atónito por haber ido a dar a semejante sitio.

—Precipitándose, por supuesto —les explicó Todopuedo—. Así es como llega aquí la mayoría de la gente. En realidad es muy sencillo: cada vez que uno decide algo sin tener buenas razones para hacerlo, llega a Conclusiones precipitadamente, le guste o no. Es tan fácil hacerlo que yo mismo he estado aquí cientos de veces.

—Pero este lugar tiene un aspecto muy desagradable —señaló Milo.

—Eso es verdad —admitió Todopuedo—; parece mucho más bonito visto desde lejos.

Mientras decía esto, aterrizaron en la isla desde todas las direcciones imaginables al menos ocho o nueve personas más.

—Pues yo pienso salir precipitadamente de este sitio —anunció el Embaucador, que, tras hacer dos o tres flexiones para calentar los músculos, brincó tan lejos como pudo y aterrizó hecho un guiñapo a medio metro de distancia.

—Eso no sirve de nada —le recriminó Todopuedo, ayudándole a levantarse—. No puede uno desdecirse de las conclusiones precipitadas. Retractarse no es tan sencillo. Por eso estamos tan apretados aquí.

Desde luego era verdad: a todo lo largo de la desapacible línea de la costa y apiñadas sobre las rocas hasta donde alcanzaba la vista, había enormes multitudes de gente mirando con tristeza hacia el mar.

—¿No hay ni siquiera un bote? —preguntó Milo, impaciente por seguir adelante con su viaje.

—Nada de eso —replicó Todopuedo, negando con la cabeza—. La única forma de volver es nadando, y es una forma muy lenta y dificultosa.

—No me gusta nada mojarme —gimió, desconsolado, el insecto, estremeciéndose ante la idea.

—Ni a ellos tampoco —replicó con tristeza Todopuedo—. Por eso siguen aquí. Pero yo no me preocuparía demasiado por eso: uno puede pasarse el día entero nadando en el Mar del Conocimiento y aun así salir de él completamente seco. A la mayoría de la gente le pasa. Pero ahora tendrán que disculparme. Voy a dar la bienvenida a los recién llegados. Como ya saben, soy tan sociable como se puede.

A pesar de la denodada oposición del Embaucador, Milo y Toc decidieron echarse a nadar y, a pesar de sus vociferantes protestas, arrastraron al insecto detrás de ellos hasta el mar.

Todopuedo se alejó a toda prisa para dar respuesta a más preguntas, y lo último que le oyeron decir fue:

—Perdona, ¿podrías decirme quién soy?

Nadaron y nadaron y nadaron durante lo que les parecieron horas, y sólo el firme ánimo de Toc consiguió que Milo siguiera luchando contra las aguas heladas. Por fin llegaron a la costa, exhaustos y, a excepción del insecto, empapados hasta los huesos.

—No ha estado tan mal —dijo el Embaucador, enderezándose la corbata y sacudiéndose la ropa—. Tendré que venir de visita en otra ocasión.

—No me cabe la menor duda de que lo harás —jadeó Milo—. Pero a partir de ahora, pienso tener muy buenas razones antes de tomar decisiones sobre nada. Puede perder uno mucho tiempo precipitándose en Las Conclusiones.

El auto estaba justo donde lo habían dejado, y en un abrir y cerrar de ojos estaban de nuevo en camino. La carretera viraba en dirección opuesta al mar e iniciaba su largo ascenso hacia las montañas. El cálido sol y la suave brisa los secaron por el camino.

—Espero que lleguemos pronto a Digitópolis —dijo Milo, acordándose del desayuno que no habían tomado—. Me pregunto si estará muy lejos.

14. El Dodecaedro guía

Llegados a un punto, el camino se dividía en tres y, como si fuera la respuesta a la pregunta de Milo, un enorme indicador que señalaba en las tres direcciones establecía con toda claridad:

DIGITÓPOLIS

8	kilómetros
80	hectómetros
8 000	metros
8 800	yardas
9 570	varas
26 400	pies
316 800	pulgadas
633 600	medias pulgadas

Y ALGUNOS MÁS

—Viajemos por kilómetros —aconsejó el Embaucador—, es más corto.

—Viajemos por medias pulgadas —sugirió Milo—, es más rápido.

—¿Pero cuál camino tenemos que tomar? —preguntó Toc—. Debe haber una diferencia.

Mientras discutían, una pequeña figura peculiar salió ágilmente de detrás de la señal y se les acercó hablando sin parar.

—Sí, desde luego; por supuesto que sí; claro que la hay; no faltaba más; cómo no va a haber diferencia; sin duda alguna.

Estaba construido (es realmente la única manera de describirlo) con una gran variedad de líneas y de ángulos que constituían una sólida forma de muchas caras, algo así como un cubo con las esquinas cortadas al que luego se le hubieran cortado de nuevo las esquinas. Cada una de las aristas estaba cuidadosamente marcada con una letra

pequeña, y cada uno de los ángulos con una grande. Iba tocado con una bonita boina, y desde una de sus superficies los contemplaba con atención una cara muy seria. La ilustración aclara muy bien lo que quiero decir.

Cuando llegó al auto, la figura se descubrió y recitó con una voz clara y fuerte:

¡MIS ÁNGULOS SON BASTANTES,
Y MIS LADOS NO SON POCOS!
YO SOY EL DODECAEDRO.
PERO ¿QUIÉNES SON USTEDES?

—¿Qué es un dodecaedro? —inquirió Milo, apenas capaz de pronunciar la extraña palabra.

—Míralo tú mismo —dijo, girando con lentitud—. Un dodecaedro es un cuerpo geométrico con doce caras.

En el momento de decirlo aparecieron las otras once, una sobre cada superficie, y cada una mostrando una expresión diferente.

—Por lo general las uso de una en una —les confió, mientras desaparecían todas excepto la sonriente—. Ahorra desgaste. ¿Cómo te llamas?

—Milo —dijo el muchacho.

—Es un nombre impar —dijo, cambiando su cara sonriente por otra de expresión ceñuda—. Y tienes sólo una cara.

—¿Eso es malo? —preguntó Milo, asegurándose de que todavía la llevaba puesta.

—La desgastarás pronto usándola para todo —contestó el Dodecaedro—. Yo tengo una para sonreír, una para reír, una para llorar, una para ponerme ceñudo, una para pensar, una para hacer pucheros, y seis más aparte. ¿Se llaman Milo todos los que tienen una sola cara?

—¡Oh, no! —contestó Milo—. Algunos se llaman Enrique o Jorge o Roberto o Juan o una gran cantidad de otras cosas.

—¡Qué confuso! —gritó—. Aquí todos se llaman exactamente lo que son. Los triángulos se llaman triángulos, los círculos se llaman círculos, e incluso los números tienen el mismo nombre. Vaya, ¿te imaginas lo que sucedería si los doses se llamaran Enrique o Jorge o Roberto o Juan o una gran cantidad de otras cosas? Tendrías que decir Roberto más Juan igual a cuatro, y si el nombre del cuatro fuera Alberto, la situación sería desesperada.

—Nunca lo había pensado —admitió Milo.

—Entonces sugiero que empieces de inmediato —amonestó el Dodecaedro desde su cara de amonestar—, porque aquí en Digitópolis todo es bastante preciso.

—Entonces quizá pueda ayudarnos a decidir qué camino tomar —dijo Milo.

—Sin la menor duda —contestó, feliz, el Dodecaedro—. Está más claro que el agua. Si un coche pequeño que lleva a tres personas a treinta millas por hora durante diez minutos por un camino de cinco millas de largo a las 11:35 de la mañana sale a la vez que tres personas que han estado viajando en un pequeño automóvil a veinte millas por hora durante quince minutos por otro camino exactamente dos veces más largo que la mitad de la longitud del otro, mientras un perro, un insecto y un muchacho viajan una distancia igual en el mismo tiempo o la misma distancia en un tiempo igual por un tercer camino a mediados de octubre, ¿quiénes llegarán primero y cuál es la mejor manera de ir?

—¡Diecisiete! —gritó el Embaucador, garabateando con furia sobre un pedazo de papel.

—Bueno, no estoy seguro, pero… —tartamudeó Milo después de varios minutos de cálculos frenéticos.

—Tendrás que mejorar mucho —regañó el Dodecaedro— o nunca sabrás qué distancia has recorrido y ni siquiera si has llegado a donde te proponías.

—No soy muy bueno para los problemas —admitió Milo.

—Qué lástima —suspiró el Dodecaedro—. ¡Son tan útiles! Fíjate, ¿sabías que si un castor de dos pies de largo con una cola de un pie y medio construye un dique de doce pies de alto y seis pies de ancho en dos días, todo lo que te haría falta para construir la presa Boulder es un castor de sesenta y ocho pies de largo con una cola de cincuenta y un pies?

—¿De dónde íbamos a sacar un castor tan grande? —rezongó el Embaucador rompiendo la punta de su lápiz.

—No tengo ni idea —contestó—, pero si lo encontraran, al menos sabrían qué hacer con él.

—Qué absurdo —objetó Milo, en cuya cabeza daban vueltas las cifras y las preguntas.

—No te digo que no, pero es completamente preciso, y mientras la respuesta sea correcta, ¿a quién le importa si la pregunta es errónea? Si quieres que las cosas cobren sentido, tendrás que añadírselo tú mismo.

—Los tres caminos llegan al mismo lugar al mismo

tiempo —interrumpió Toc, que había estado resolviendo pacientemente el primer problema.

—¡Correcto! —gritó el Dodecaedro—. Y yo mismo los conduciré allí. Ahora puedes ver lo importante que son los problemas. Si no hubieras resuelto éste, podrías haber tomado el camino equivocado.

—No encuentro mi error —dijo el Embaucador, comprobando frenéticamente sus cifras.

—Pero, si todos los caminos llegan al mismo lugar a la vez, ¿no son todos el camino correcto? —preguntó Milo.

—¡Desde luego que no! —gritó, mirándolos con los ojos centelleantes desde su cara más alterada—. Todos son el camino *equivocado*. Sólo porque puedas elegir no significa que alguno de ellos *tenga* que ser el buen camino.

Se dirigió a la señal y la hizo girar tres veces con rapidez. Al hacerlo, los tres caminos se desvanecieron y apareció de repente uno nuevo, que se dirigía en la dirección que ahora indicaba la señal.

—¿Todos los caminos a Digitópolis tienen cinco millas? —preguntó Milo.

—Me temo que así tiene que ser —contestó el Dodecaedro saltando en la parte trasera del automóvil—. Es la única señal que tenemos.

El nuevo camino estaba lleno de piedras y baches y, cada vez que se metían en uno, el Dodecaedro rebotaba en el aire y aterrizaba sobre una de sus caras, con un mohín o una sonrisa o una carcajada o un enfurruñamiento, dependiendo del rostro que fuera.

—Pronto estaremos allí —anunció felizmente después de

uno de sus cortos vuelos—. Bienvenidos a la tierra de los números.

—No parece muy acogedora —comentó el insecto, porque según subían más y más, no se veía ni un árbol ni una hoja de hierba. Sólo había rocas.

—¿Es aquí donde se hacen los números? —preguntó Milo, mientras el auto se encabritaba de nuevo y el Dodecaedro salía disparado rodando por la ladera cabeza abajo, hasta que aterrizó, entre gruñidos y muecas y con la cara triste arriba, junto a lo que parecía la entrada a una cueva.

—No se hacen —contestó, como si nada hubiera sucedido—. Tienes que profundizar en ellos. ¿No sabes nada de números?

—Bueno, no creo que sean muy importantes —contestó Milo instantáneamente, demasiado avergonzado para admitir la verdad.

—¡¡¿QUE NO SON IMPORTANTES?!! —rugió el Dodecaedro, poniéndose rojo de ira—. ¿Se puede tomar té para dos sin el dos, o Elena tener tres hijas sin el tres? ¿Cómo tendría cuatro esquinitas mi cama sin el cuatro? Y ¿cómo se navega por los siete mares sin un siete?

—Quería decir sencillamente que... —empezó Milo, pero el Dodecaedro, llevado por la emoción y gritando enfurecido, lo interrumpió.

—Si tienes grandes esperanzas, ¿cómo sabrás cuánto miden? ¿Y sabías que, cuando escapas por poco, hay pocos de distintas medidas? ¿Viajarías por el ancho mundo sin saber la medida de su anchura? ¿Y cómo podrías hacer nada a largo plazo —concluyó, ondulando los brazos por encima de la cabeza— sin saber de cuánto tiempo hablas? Por favor, los números son lo más bello y lo más valioso del mundo. Sígueme y te lo enseñaré —giró en redondo y se metió en la cueva.

—¡Vamos, vamos! —gritó desde el oscuro agujero—. No los puedo esperar todo el día.

Un momento después todos habían penetrado en la montaña.

Hicieron falta varios minutos para que sus ojos se acostumbraran a la tenue luz; durante ese lapso no dejaron de oír arañazos, chirridos, golpeteos y rascamientos a su alrededor.

—Pónganse esto —indicó el Dodecaedro, entregando a cada uno un casco con una linterna fija en la parte superior.

—¿Adónde vamos? —susurró Milo, porque parecía el tipo de lugar en el que uno cuchichea.

—Aquí estamos —contestó el Dodecaedro con gesto arrollador—. Esta es la mina de los números.

Milo bizqueó en la oscuridad y vio por primera vez que habían entrado en una amplia caverna iluminada sólo por un débil y fantasmal resplandor que se descolgaba ominosamente desde las grandes estalactitas del techo. Las paredes estaban acribilladas por pasadizos y corredores que serpenteaban entre el suelo y el techo, a ambos lados de la cueva. Y, mirara donde mirara, Milo veía hombrecillos no más altos que él mismo muy ocupados excavando y cortando, despejando y raspando, tirando y remolcando carritos llenos de piedra de un lugar a otro.

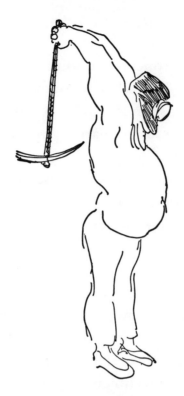

—Por aquí —indicó el Dodecaedro—, y miren por dónde pisan.

Sus palabras fueron repetidas y vueltas a repetir por sucesivos ecos, mezclando su sonido con el zumbido de la actividad que los rodeaba. Toc trotaba junto a Milo, y el Embaucador, pisando remilgadamente, cerraba la comitiva.

—¿De quién es esta mina? —preguntó Milo, sorteando dos vagonetas llenas.

—¡POR LOS CUATRO MILLONES OCHOCIENTOS VEINTISIETE MIL SEISCIENTOS CINCUENTA Y NUEVE PELOS DE MI CABEZA, ES MÍA, NATURALMENTE! —rugió una voz desde el otro extremo de la caverna. Y, caminando hacia ellos, vino una figura que sólo podía ser el Matemago.

Vestía una larga túnica ondulante cubierta de complejas ecuaciones matemáticas y un alto gorro puntiagudo que le daba un aspecto muy sabio. En la mano izquierda llevaba una larga vara con punta de lápiz en un extremo y una gran goma de borrar en el otro.

—Es una bonita mina —se disculpó el Embaucador, a quien siempre acobardaban los ruidos fuertes.

—La mayor mina de números del reino —dijo el Matemago orgullosamente.

—¿Hay piedras preciosas? —preguntó Milo, nervioso.

—¡PIEDRAS PRECIOSAS! —rugió, incluso más fuerte que antes. Y entonces se inclinó hacia Milo y cuchicheó suavemente—: Por las ocho millones doscientas cuarenta y siete mil trescientas doce hebras de mi túnica, yo diría que sí. Mira aquí.

Se acercó a uno de los carritos y retiró un objeto pequeño, que pulió con vigor sobre su túnica. Cuando lo levantó hacia la luz, resplandeció brillantemente.

—Pero es un cinco —objetó Milo, porque eso es lo que era.

—Exactamente —convino el Matemago—, tan valioso como cualquier joya. Mira otras.

Recogió un montón de piedras y las vertió en los brazos de Milo: incluían todos los números del uno al nueve, e incluso había un surtido de ceros.

—Los extraemos y los pulimos aquí mismo —informó el Dodecaedro señalando a unos trabajadores que movían diligentemente varias ruedas de pulir—, y luego los enviamos a todas partes. Maravilloso, ¿no?

—Son excepcionales —dijo Toc, que tenía una afición especial a los números.

—Así que vienen de aquí —dijo Milo, mirando estupefacto la resplandeciente colección de números.

Se los devolvió al Dodecaedro tan cuidadosamente como pudo, pero uno se cayó al suelo y se rompió en dos. El Embaucador retrocedió y Milo se quedó preocupadísimo, sin saber qué decir.

—Bah, no te preocupes por eso —dijo el Matemago recogiendo los pedazos—. Usamos los que se rompen para quebrados.

—¿No tiene diamantes o esmeraldas o rubíes? —preguntó el insecto, irritado, porque estaba bastante desilusionado con lo que había visto hasta entonces.

—Sí, desde luego —contestó el Matemago, conduciéndolos a la parte trasera de la cueva—, por aquí.

Allí, apilados en enormes montículos que llegaban casi hasta el techo, había no sólo diamantes y esmeraldas y rubíes, sino también zafiros, amatistas, topacios, piedras lunares y granates. Era la acumulación más asombrosa de piedras preciosas que nadie hubiera visto jamás.

—Son una molestia terrible —suspiró el Matemago— y nadie sabe qué hacer con ellas, así que nos limitamos a extraerlas y las tiramos. Ahora —dijo, soplando por un silbato de plata que se sacó de un bolsillo— almorcemos algo.

Y, por primera vez en su vida, al asombrado insecto no se le ocurrió absolutamente nada que decir.

15. Por aquí a Infinitud

Entraron en la caverna ocho de los mineros más fuertes llevando una caldera inmensa que burbujeaba y siseaba y enviaba lentamente hacia el techo espirales de sabroso vapor. Un aroma dulce aunque penetrante llenó el aire yendo de una ansiosa nariz a otra, parándose solamente para que varias bocas se hicieran agua y unos cuantos estómagos gruñeran. Milo, Toc y el Embaucador miraron ansiosamente cómo el resto de los trabajadores soltaba las herramientas y se reunía alrededor de la olla grande para servirse.

—¿Les gustaría comer algo? —dijo el Matemago, ofreciendo a cada uno un plato colmado.

—Sí, señor, sí —dijo Milo, que ya no podía más de hambre.

—Gracias —agregó Toc.

El Embaucador no respondió, porque ya estaba demasiado ocupado comiendo, y en un momento los tres habían dado ya buena cuenta de sus raciones respectivas.

—Coman otra ración —dijo el Matemago tras llenar sus platos una vez más.

Y, tan rápidamente como habían terminado con la primera, acabaron también con la segunda.

—No paren —insistió, sirviéndoles otra vez,

    y otra,

        y otra,

            y otra,

                y otra.

"Pero qué extraño", pensó Milo al término de su séptima ración. "Cada plato que me como me deja con más hambre que antes".

—Sírvanse más —sugirió el Matemago, mientras continuaban comiendo tan rápido como él llenaba los platos.

Después de que Milo hubiera comido nueve raciones, Toc once y el Embaucador, sin detenerse ni un momento, veintitrés, el Matemago tocó su silbato por segunda vez e inmediatamente retiraron la olla y los mineros regresaron al trabajo.

—U-g-g-g-h-h-h —jadeó el insecto, dándose cuenta de repente de que tenía veintitrés veces más hambre que cuando habían empezado a comer—. Estoy hambrientísimo.

—Y yo igual —se quejó Milo, que sentía un terrible vacío en el estómago—. A pesar de todo lo que he comido.

—¿Estaba delicioso, verdad? —preguntó amablemente el Dodecaedro, enjugándose la salsa de varias de sus bocas—. Es la especialidad del reino: el restofado.

—Tengo más apetito que cuando comencé —dijo Toc inclinándose débilmente contra una de las rocas más grandes.

—Seguro que sí —contestó el Matemago—. ¿Qué esperabas? Cuanto más se come, más hambre se tiene. Todos lo saben.

—¿Ah, sí? —dijo Milo, dubitativo—. ¿Entonces, cómo come uno lo suficiente?

—¿Lo suficiente? —respondió el Matemago con impaciencia—. Aquí en Digitópolis tomamos nuestras comidas cuando estamos llenos y comemos hasta que tenemos hambre. De esta manera, cuando no tienes nada, tienes más que suficiente. Es un sistema muy económico. Han de haber estado atiborrados para que hayan comido tanto.

—Es completamente lógico —explicó el Dodecaedro—. Cuanto más quieres, menos consigues, y cuanto menos consigues, más tienes. Simple aritmética, es todo. Supón que tienes algo y le añades algo. ¿Cuánto tendrás en total?

—Más —dijo Milo rápidamente.

—Muy bien —asintió—. Ahora le quitas algo. ¿Cuánto tendrás en total?

—Lo mismo —contestó de nuevo, sin mucha convicción.

—Espléndido —gritó el Dodecaedro—. Y supón que tienes algo y le añades menos que nada. ¿Cuánto tendrás en total?

—¡HAMBRUNA! —rugió el Embaucador, angustiado, dándose cuenta de repente de que había comido exactamente veintitrés raciones.

—No es tan malo como crees —dijo el Dodecaedro con su cara más simpática—. Dentro de unas horas estarás bien y otra vez lleno, justo a tiempo para la cena.

—Pues vaya —dijo Milo con tristeza y bajito—. Sólo como cuando estoy hambriento.

—Qué curiosa idea —dijo el Matemago, levantando su vara por encima de la cabeza y restregando el extremo de la goma por el techo—. La próxima cosa que pretenderás hacernos creer es que sólo duermes cuando te cansas.

Y, al tiempo que terminaba la frase, la caverna, los mineros y el Dodecaedro se desvanecieron: sólo quedaron los cuatro de pie en el taller del Matemago.

—A menudo me parece —les explicó informalmente a sus aturdidos visitantes— que la mejor forma de ir de un lugar a otro es tachar todo y comenzar de nuevo. Por favor, están en su casa.

—¿Viaja usted siempre de esa manera? —preguntó Milo mirando con curiosidad la extraña sala circular, cuyas dieciséis minúsculas ventanas arqueadas se correspondían exactamente con los dieciséis puntos de la brújula. Alrededor de toda la circunferencia había números del cero al trescientos sesenta, marcando los grados del círculo, y sobre el suelo, los muros, las mesas, las sillas, los escritorios, los armarios y el techo había etiquetas mostrando sus alturas, anchuras, profundidades y distancias entre unos y otros. A un lado había un bloc gigantesco colocado sobre un caballete de pintor, y de ganchos y cuerdas colgaban escalas, reglas, medidas, pesas, metros, y otros muchos instrumentos para medir cualquier cosa de todas las maneras posibles.

—Desde luego que no —contestó el Matemago, y esta vez levantó el extremo aguzado de su vara, dibujó una delgada recta en el aire y cruzó graciosamente de un lado al otro de la sala—. La mayor parte del tiempo tomo la distancia más corta entre dos puntos cualesquiera. Y, por supuesto, cuando he de estar en varios lugares a la vez —comentó, escribiendo 7 x 1 = 7 con cuidado en el bloc—, no tengo más que multiplicar.

De repente había siete Matemagos de pie, unos junto a otros y todos exactamente iguales.

—¿Cómo lo ha hecho? —preguntó Milo.

—Está más claro que el agua —dijeron todos a coro—: con la vara mágica.

Entonces, seis se anularon a sí mismos y desaparecieron.

—Pero si sólo es un lápiz grande —objetó el Embaucador golpeándolo suavemente con su bastón.

—Muy cierto —convino el Matemago—, pero, una vez que aprendes a usarlo, no sabes la de cosas que pueden hacerse con él.

—¿Puede hacer usted que las cosas desaparezcan? —preguntó Milo, nervioso.

—Por supuesto —dijo, dirigiéndose al caballete—. Acérquense y miren atentamente.

Tras dejar claro que no tenía nada en las mangas, en el sombrero, o detrás de la espalda, escribió con rapidez:

$$4+9-2 \times 16+1 \div 3 \times 6-67+8 \times 2-3+26-$$
$$1 \div 34+3 \div 7+2-5=$$

Levantó la vista con expresión expectante.

—¡Diecisiete! —gritó el insecto, que siempre se las arreglaba para ser el primero en dar la respuesta equivocada.

—Da cero —corrigió Milo.

—Tal cual —dijo el Matemago, haciendo una reverencia muy teatral, y la línea entera de números se desvaneció ante sus ojos—. ¿Hay algo más que quieran ver?

—Sí, por favor —dijo Milo—. ¿Puede enseñarnos el número más grande que hay?

—Encantado —contestó, abriendo uno de los armarios—. Lo guardamos aquí mismo. Hicieron falta cuatro mineros sólo para extraerlo. Dentro se encontraba el 3 más grande que Milo había visto jamás. Era dos veces más alto que el Matemago.

—No, no quiero decir eso —objetó Milo—. ¿Puede mostrarme usted el número más ancho que hay?

—Desde luego —dijo el Matemago, abriendo otra puerta—. Aquí está. Hicieron falta tres carritos para traerlo hasta aquí.

Dentro de este armario se encontraba el más ancho 8 jamás visto. Era tan ancho como lo era el tres en altura.

—No, no, no, no me refiero a eso tampoco —le dijo mientras miraba impotentemente a Toc.

—Creo que lo que tú quieres ver— dijo el perro mientras se rascaba bajo las cuatro y media —es el número de mayor magnitud posible.

—¿Y por qué no lo has dicho desde el principio? —dijo el Matemago, quien diligentemente medía el borde de una gota de lluvia—. ¿Cuál es el mayor número en el que *tú* puedes pensar?

—Nueve trillones novecientos noventa y nueve billones novecientos noventa y nueve millones novecientos noventa y nueve mil novecientos noventa y nueve —recitó Milo sin respirar.

—Muy bien —dijo el Matemago—. Ahora súmale uno. Vuelve a sumarle uno —repitió cuando Milo había agregado el primer uno—. Ahora súmale uno. Vuelve a sumarle uno. Ahora súmale uno. Vuelve a sumarle uno. Ahora súmale uno. Vuelve a sumarle uno. Ahora súmale uno. Vuelve a sumarle uno. Ahora súmale...

—¿Pero cuándo puedo parar? —suplicó Milo.

—Nunca —dijo el Matemago con una sonrisita—, porque el número que quieres siempre es por lo menos uno más que el número que tienes, y es tan grande que, si hubieras empezado a decirlo ayer, no lo terminarías mañana.

—¿Dónde se puede encontrar un número tan grande? —se burló el Embaucador.

—En el mismo lugar donde está el número más pequeño —contestó servicialmente—; y ya sabes a lo que me refiero.

—Sin duda —dijo el insecto, acordándose de repente de que tenía que hacer algo al otro extremo de la sala.

—¿Una millonésima? —preguntó Milo, intentando pensar en la fracción más pequeña posible.

—Casi —dijo el Matemago—. Ahora halla la mitad. Vuelve a hallar la mitad. Ahora halla la mitad otra vez. Otra vez. Otra vez. Otra vez. Ahora...

—¡Ay, Dios mío! —gritó Milo, tapándose los oídos con las manos—. ¿Tampoco se acaba nunca?

—¿Cómo iba a acabarse —dijo el Matemago—, cuando siempre puedes tomar la mitad de lo que quede hasta que sea tan pequeño que si empezaras a decirlo ahora mismo terminarías antes de empezar?

—¿Dónde se guarda algo tan diminuto? —preguntó Milo, tratando de imaginar tal cosa con todas sus fuerzas.

El Matemago dejó lo que estaba haciendo y explicó:

—Pues mira, en una caja tan pequeña que no puedes verla y que se guarda en un cajón tan pequeño que no puedes verlo, en un aparador tan pequeño que no puedes verlo, en una casa tan pequeña que no puedes verla, en una calle tan pequeña que no puedes verla, en una ciudad tan pequeña que no puedes verla, en un país tan pequeño que no puedes verlo, y en un mundo tan pequeño que no puedes verlo.

Luego se sentó, se abanicó con un pañuelo, y continuó:

—Entonces, por supuesto, guardamos la cosa entera en otra caja tan pequeña que no puede verse y, si me sigues, te mostraré dónde encontrarla.

Se dirigieron hasta una de las ventanas pequeñas y allí, atado al alféizar, estaba el final de una línea que se estiraba a lo largo del terreno y se perdía en la distancia hasta desaparecer completamente.

—Sigue la línea para siempre —dijo el Matemago— y cuando llegues al final gira a la izquierda. Allí encontrarás el país de Infinitud, donde se guardan lo más largo, lo más corto, lo más grande, lo más pequeño y el máximo y el mínimo de todo.

—En realidad no tengo mucho tiempo —dijo Milo ansiosamente—. ¿No hay una manera más rápida?

—Bueno, puedes probar por este tramo de escaleras

—sugirió, abriendo otra puerta y señalando hacia arriba—. También va a dar allí.

Milo cruzó la sala corriendo y comenzó a subir por las escaleras de dos en dos.

—¡Espérenme, por favor! —gritó a Toc y al Embaucador—. ¡Sólo estaré fuera unos minutos!

16. Un pájaro muy sucio

Subió y subió —muy rápidamente al principio y luego más despacio, y después más despacio aún— y al fin, tras muchos minutos de ascender por la escalera interminable, sus cansados pies apenas eran capaces de seguirse el uno al otro. De pronto Milo se dio cuenta de que, con todo su esfuerzo, no estaba más cerca de la cima que al comenzar, y que no se había alejado gran cosa del fondo. Pero luchó unos minutos más, hasta que por último, completamente exhausto, se derrumbó sobre uno de los escalones.

—Debería haberlo sabido —masculló, relajando sus cansadas piernas y llenando sus pulmones de aire—. Esto es como la línea que jamás se acaba: nunca llegaré al final.

—De todos modos no te gustaría demasiado —contestó alguien con tono suave—. Infinitud es un lugar terriblemente pobre. Nunca les llega lo que tienen.

Milo levantó la vista, con la cabeza apoyada aún en la mano; se estaba acostumbrando a que se dirigieran a él los seres más raros, de las formas más raras, en los lugares más raros, y en aquella ocasión no quedó decepcionado. Por encima de él, a un escalón de distancia, estaba ni más ni

menos que una mitad de niño, un niño a quien se había cortado cuidadosamente por el medio, de arriba abajo.

—Perdona que te mire así —dijo Milo, después de contemplarlo por algún tiempo—, pero nunca había visto medio niño.

—Es el 0,58 para ser preciso —contestó el niño desde el lado izquierdo de su boca (que era el único lado que su boca tenía).

—¿Perdón? —dijo Milo.

—Es el 0,58 —repitió—; una pizca *más* de la mitad.

—¿Has sido siempre así? —preguntó Milo con impaciencia, porque le pareció una precisión innecesaria.

—¡Dios mío, no! —le aseguró el niño—. Hace pocos años era sólo el 0,42 y, créeme, era de lo más molesto.

—¿Y el resto de tu familia cómo es? —dijo Milo, esta vez con un poco más de simpatía.

—Oh, somos la familia promedio sin más —respondió él, pensativo—; madre, padre y 2,58 niños y, tal como te explicaba, yo soy el 0,58.

—Debe resultar muy extraño ser sólo parte de una persona —comentó Milo.

—En absoluto —contestó el niño—. Cada familia tiene un promedio de 2,58 niños, así que siempre tengo alguien con quien jugar. Además, cada familia tiene un promedio de 1,3 automóviles, y desde que soy el único que puede conducir tres décimas partes de un auto lo uso todo el tiempo.

—Pero los promedios no son reales —objetó Milo—: son imaginarios.

—Puede que sea así —convino el medioniño—, pero en ocasiones son también muy útiles. Por ejemplo, si no tienes nada de dinero, pero estás con otras cuatro personas, cada una de las cuales tiene diez dólares, el promedio dice que te tocan ocho dólares. ¿No?

—Supongo que sí —respondió Milo débilmente.

—Bueno, pues piensa cuánto mejor vas a estar gracias a los promedios —explicó convincentemente—. Imagínate al pobre granjero cuando no llueve en todo el año: si no fuera porque esta parte del país tiene una precipitación media anual de treinta y siete pulgadas, todas sus cosechas se marchitarían y morirían.

Todo esto le parecía a Milo terriblemente confuso, porque siempre había tenido dificultades en el colegio con este asunto.

—Y hay aún más ventajas —continuó el niño—. Por ejemplo, si una rata es acorralada por nueve gatos, a cada gato le correspondería una novena parte de rata, y a la rata, nueve partes de gato. Si fueras una rata, ibas a ver lo distinto que te parecería todo gracias al promedio.

—Pero no puede ser —dijo Milo, poniéndose en pie de un salto.

—No estés tan seguro —dijo el niño pacientemente—, porque una de las cosas más bonitas de las matemáticas, o de cualquier otra cosa que quieras aprender, es que muchas de las cosas que nunca pueden ser a menudo son. Ya ves —continuó—, es muy parecido a tu intento de alcanzar Infinitud. Sabes que está allí, pero no sabes exactamente dónde, y el que no puedas alcanzarla no significa que no valga la pena buscarla.

—No lo había pensado de esa manera —dijo Milo empezando a bajar por las escaleras—. Creo que voy a volver.

—Una decisión sabia —convino el niño—, pero vuelve a intentarlo algún día; quizá llegues mucho más cerca.

Y dijo adiós a Milo con la mano, sonriendo cálidamente, lo que hacía una media de cuarenta y siete veces al día en promedio.

"Aquí todo el mundo sabe mucho más que yo", pensaba Milo mientras saltaba de escalón en escalón. "Tendré que mejorar si pienso rescatar a las princesas".

En unos momentos había alcanzado de nuevo el fondo y, precipitándose en el taller, se encontró a Toc y al Embaucador, que contemplaban atentísimos el trabajo del Matemago.

—Ah, ya de regreso —dijo éste saludándolo con un gesto amistoso—. Espero que hayas encontrado lo que buscabas.

—Me temo que no —admitió Milo. Y agregó en tono desolado—: Todo en Digitópolis es demasiado difícil para mí.

El Matemago cabeceó, comprensivo, y se acarició la barbilla varias veces.

—Te darás cuenta —señaló con suavidad— de que lo único que se consigue con facilidad es equivocarse, y que para eso no vale la pena el esfuerzo.

Milo intentó comprender con todas sus fuerzas lo que le habían contado y lo que había visto, pero al hablar aún le turbaba algo muy curioso.

—¿Por qué sucede con frecuencia que lo correcto no parece estar bien? —preguntó sosegadamente.

Una mirada de profunda melancolía cruzó el rostro del Matemago y los ojos se le humedecieron de tristeza. Todo estaba en silencio, y pasaron varios minutos antes de que fuera capaz de despegar los labios.

—Cuán cierto —sollozó, apoyándose en la vara—. Ha sido así desde que Rima y Razón fueron desterradas.

—Estoy de acuerdo —comenzó el Embaucador—. Personalmente creo que...

—¡¡¡Y TODO POR ESE MISERABLE TERCO DE AZAZ!!! —rugió el Matemago, abrumando completamente al insecto, porque ahora su tristeza se había transformado en furia.

Y se puso a recorrer la sala a grandes zancadas sumando enfado y multiplicando cólera.

—¡¡TODO POR SU CULPA!!

—Quizá si lo discutiera con él... —comenzó Milo, pero no pudo terminar.

—Es demasiado obstinado —interrumpió el Matemago de nuevo—. Vaya, el mes pasado le envié una carta muy amistosa, que nunca tuvo la cortesía de contestar. Mírala tú mismo.

Entregó a Milo una copia de la carta, que decía:

```
4738    1919,
 667    394017   5841    62589
85371   14  39588    7190434    203
27689   57131   481206.
                 5864     98053,
                 62179875073
```

—Pero quizá no comprende los números —dijo Milo, que lo encontró un poco difícil de leer.

—¡BOBADAS! —bramó—. Todos comprenden los números. Cualquiera que sea el idioma que hables, siempre significan lo mismo. Un siete es un siete en cualquier parte del mundo.

"Caray", pensó Milo, "todos parecen tan sensibles acerca de las cosas que conocen bien".

—Con su permiso —dijo Toc, cambiando de tema—, quisiéramos rescatar a Rima y a Razón.

—¿Está Azaz de acuerdo? —preguntó el Matemago.

—Sí, señor —lo tranquilizó el can.

—Entonces, yo no —bramó de nuevo—, porque desde que las desterró, nunca hemos estado de acuerdo en nada, y nunca lo estaremos —y subrayó su último comentario con una mirada oscura y ominosa.

—¿Nunca? —preguntó Milo con un sutil toque de escepticismo en la voz.

—¡Nunca! —repitió el Matemago—. Y si puedes probar lo contrario, tienes mi permiso para ir.

—Bien —dijo Milo, quien había reflexionado sobre este problema muy cuidadosamente desde que habían abandonado Diccionópolis—. Entonces, usted disiente de cuanto Azaz convenga.

—Exacto —dijo el Matemago con una sonrisa tolerante.

—Y con cualquier cosa con la que Azaz disienta, usted conviene.

—También correcto —bostezó el Matemago, limpiándose indiferente las uñas con la punta de su vara.

—Entonces, cada uno de ustedes está de acuerdo en disentir de todo aquello con lo que el otro esté de acuerdo —dijo Milo, triunfante—, y si ambos disienten en la misma cosa, ¿entonces no están ustedes realmente de acuerdo en algo?

—¡Me han engañado! —gritó el Matemago desolado, porque por más vueltas que le daba no podía dejar de obtener la misma conclusión.

—Un espléndido esfuerzo —comentó el Embaucador con jovialidad—; yo lo habría hecho exactamente de la misma manera.

—¿Y ahora podemos irnos? —agregó Toc.

El Matemago aceptó su derrota con gracia, asintió débilmente y pidió a los tres viajeros que se acercaran.

—Es un viaje largo y peligroso —comenzó suavemente, y un surco de preocupación se le marcó en la frente—. Mucho antes de que las encuentren, los demonios sabrán que están allí. Vigilen con atención —subrayó—, porque cuando aparezcan podría ser demasiado tarde.

Al Embaucador le temblaron hasta los zapatos, y Milo sintió que de repente las puntas de los dedos se le quedaban heladas.

—Pero hay un problema más serio todavía —susurró ominosamente.

—¿Cuál es? —exclamó Milo, no muy seguro de querer enterarse.

—Me temo que no se lo puedo decir hasta que regresen. Acompáñenme —dijo el Matemago— y les mostraré el camino.

Y dicho y hecho: los transportó a la frontera misma de Digitópolis. Tras ellos se extendían todos los reinos de Sabiduría, y arriba y adelante un sendero irregular se perdía en las montañas y la oscuridad.

—Nunca conseguiremos llegar hasta allá arriba con el auto —dijo Milo con aire desdichado.

—Muy cierto —contestó el Matemago—, pero puedes llegar a Ignorancia con rapidez sin andar todo el camino y, si quieren tener éxito, tendrá que ser paso a paso.

—Pero *quisiera* llevarme mis regalos —insistió Milo.

—Y así será —anunció el Dodecaedro, que salió de ninguna parte con los brazos llenos—. Aquí están tus imágenes, aquí tus sonidos, y aquí —dijo, entregando a Milo los últimos paquetes desdeñosamente— tus palabras.

—Y lo más importante de todo —agregó el Matemago—, aquí está tu propia vara mágica. Úsala bien: no hay nada que no pueda hacer por ti.

Puso en el bolsillo de la camisa de Milo un pequeño lápiz resplandeciente que, salvo por el tamaño, era muy semejante al suyo.

Entonces, con una última palabra de aliento, el Dodecaedro (quien simultáneamente sollozaba, fruncía el ceño, ponía expresión de desaliento y suspiraba desde cuatro de sus caras más tristes) y él se despidieron y se quedaron mirando cómo las tres figuras minúsculas desaparecían en las montañas prohibidas de Ignorancia.

Casi de inmediato, la luz comenzó a disminuir, mientras el abrupto sendero serpenteaba hacia arriba, progresando casi tan renuentemente como el tembloroso Embaucador. Toc, como de costumbre, abría la marcha, olfateando sin cesar en busca de peligro, y Milo seguía detrás silencioso y resuelto con su talego de preciosas posesiones al hombro.

—Quizá alguien debería quedarse atrás para proteger la retirada —dijo el insecto, triste, ofreciendo sus servicios; pero, como su sugerencia no halló respuesta alguna, siguió avanzando con ánimo sombrío.

Cuanto más subían, más intensa era la oscuridad, aunque no era la oscuridad de la noche, sino más bien una mezcla de sombras acechantes e intenciones malignas, que emanaban de los acantilados cubiertos de viscoso musgo y emborronaban la luz. Un viento cruel chilló a través de las rocas; el aire era denso y pesado, como si se hubiera usado antes varias veces.

Subieron y subieron por el sendero, a un lado los muros de piedra desnuda y los brutales picos que se cernían sobre ellos, y al otro, una interminable, ilimitada e insondable nada.

—No veo casi nada —dijo Milo, agarrándose a la cola de Toc, al tiempo que una pegajosa neblina se tragaba la luna—. Quizá deberíamos esperar hasta que se haga de día.

—Pronto se celebrarán tus funerales —le respondió una voz que venía desde arriba, y a esto siguió una horrenda risa cacareante, muy parecida al ruido que emite alguien que se atraganta con una espina de pescado.

Agarrado a una de las grasientas rocas y combinándose casi perfectamente con ella, estaba un pájaro grande, desgreñado y sucísimo; parecía más una escoba en las últimas que otra cosa. Tenía un agudo pico de aspecto peligroso, y el ojo que mantenía abierto los contempló maliciosamente desde arriba.

—No creo que lo entienda —dijo Milo con timidez, mientras el Cronocán gruñía una advertencia—. Buscamos un lugar donde pasar la noche.

—Tú no te pasas ni un pelo —chilló el pájaro, y volvió a soltar la misma risa horrorosa.

—Eso no tiene ningún sentido... —comenzó Milo.

—Yo también lo he sentido mucho —se jactó el pájaro con desdén.

—Pero no he querido decir... —insistió Milo.

—Claro que no quieres nada —interrumpió el pájaro, cerrando el ojo que tenía abierto y abriendo el que tenía cerrado—. Quien bien te quiere, te hará llorar.

—Bien, si nos vende... —lo intentó de nuevo desesperadamente.

—Eso ya es otro cantar —interpuso el pájaro con una pizca más de amabilidad—. Si quieres comprar, estoy seguro de que puedo venderte algo, pero con lo que haces es probable que acabes en una celda.

—No parece justo —dijo Milo desvalidamente porque, como el pajarraco maldito se empeñaba en tomarlo todo a mal, no sabía ni lo que decía.

—De acuerdo —dijo el pájaro, con un sonoro chasquido de pico—, pero no queda nada, es decir, que nada habría dejado de mí si yo fuera tú.

—Déjeme intentarlo una vez más —dijo haciendo un esfuerzo para explicarse—. En otras palabras...

—¿Quieres decir que tienes otras palabras? —gritó el pájaro feliz—. Úsalas, no lo pienses, úsalas. No te va demasiado bien con las que estás utilizando ahora.

—¿Tiene que interrumpir siempre de esa forma? —dijo Toc, irritado, porque hasta él se estaba impacientando.

—Naturalmente —cacareó el pájaro—, es mi trabajo. Te quito las palabras de la boca. ¿Nos hemos encontrado antes? Soy Permanencio Tuercepalabras, y estoy seguro de que conozco a tu amigo el insecto.

Y entonces se inclinó profundamente hacia delante con una terrible sonrisa de conocimiento.

El Embaucador, que era demasiado grande para ocultarse y estaba demasiado asustado para moverse, lo negó todo.

—¿Todos los que viven en Ignorancia son como usted? —preguntó Milo.

—Mucho peor —contestó, añorante, el pájaro—. Pero no vivo aquí; soy de un lugar remoto llamado Contexto.

—¿No le parece que debería regresar? —sugirió el insecto, levantando un brazo.

—¡Qué pensamiento más espantoso! —tembló el pájaro—. Es un lugar tan desagradable que paso lejos todo mi tiempo. Además, ¿qué puede ser más bonito que estas montañas repugnantes?

"Casi cualquier cosa", pensó Milo mientras se subía el cuello. Entonces le preguntó al pájaro:

—¿Es usted un demonio?

—Me temo que no —replicó éste con tristeza, mientras

varias lágrimas sucias le rodaban por el pico—. Lo he intentado, pero lo más que llego a ser es una molestia.

Antes de que Milo pudiera contestar, sacudió sus sucias alas y se echó a volar, dejando tras de sí una estela de polvo, caspa y detritos varios.

—¡Espere! —gritó Milo, que estaba pensando en otras muchas preguntas que quería formularle.

—¡Treinta y cuatro libras! —chilló el pájaro desapareciendo en la niebla.

—La verdad es que no ha sido de gran ayuda —dijo Milo después de caminar durante algún tiempo.

—¡Por eso lo eché de aquí! —declaró a gritos el Embaucador, esgrimiendo con furia su bastón—. Vayamos ahora a encontrarnos con los demonios.

—Eso puede ocurrir más pronto de lo que crees —comentó Toc, mirando hacia atrás al repentinamente tembloroso insecto; el sendero daba vueltas y más vueltas y seguía subiendo.

En pocos minutos habían llegado a la cima, sólo para descubrir que más allá había otra aún más alta, y más allá todavía había otras, cuyas cimas se perdían en los remolinos de la oscuridad.

Durante un corto trecho, el sendero se hizo ancho y llano, y un poco más adelante, apoyado confortablemente contra un árbol muerto, se erguía un caballero de aspecto arrogante. Vestía con gran elegancia: traje oscuro, camisa bien planchada y corbata. Sus zapatos relucían, sus uñas estaban limpias, llevaba el sombrero bien cepillado y un pañuelo blanco adornaba el bolsillo de su chaqueta.

Pero su expresión era de algún modo neutra. En reali-

dad era completamente neutra, porque no tenía ojos ni
nariz ni boca.

—Hola, muchacho —dijo, sacudiendo con amabilidad la
temblorosa mano de Milo—. ¿Y cómo está el fiel sabueso?
—preguntó, propinando tres o cuatro palmaditas fuertes y
amistosas a Toc—. ¿Y quién es esta bella criatura? —inquirió, tocando su sombrero en honor del muy complacido
Embaucador—. Me alegro mucho de verlos a todos.

"Qué grata sorpresa encontrar a alguien tan amable",
pensaron todos, "y especialmente en este lugar".

—Me pregunto si podrán ahorrarme un poco de tiempo —inquirió, gentil— y ayudarme con unas pequeñas tareas.

—Por supuesto —dijo el Embaucador sin dudarlo.

—Será un placer —agregó Toc.

—Sí, desde luego —dijo Milo, que se preguntó por un momento cómo era posible que alguien tan agradable tuviera un rostro desprovisto por completo de rasgos.

—Espléndido —dijo, feliz—; se trata exactamente de tres tareas. Primero, quisiera trasladar este montón desde aquí hasta allí —explicó, indicando un montículo enorme de arena fina—, pero temo que todo lo que tengo son estas pinzas minúsculas.

Y se las dio a Milo, que inmediatamente comenzó a transportarla grano a grano.

—Segundo, quisiera vaciar este pozo y rellenar ese otro;

pero no tengo ningún cubo, así que tendrás que usar este cuentagotas.

Y se lo entregó a Toc, que inmediatamente comenzó a transportarla gota a gota.

—Y, por último, quiero horadar este acantilado, pero la única herramienta que tengo es esta aguja.

El Embaucador, ansioso, se puso a trabajar con rapidez punzando la pared maciza de granito.

Cuando todo hubo comenzado debidamente, el agradable caballero regresó al árbol y, apoyándose contra él una vez más, volvió su vacuo rostro hacia el sendero, mientras Milo, Toc y el Embaucador trabajaban hora tras hora...

17. Comité de malvenida

El Embaucador silbaba alegremente mientras trabajaba, porque nunca era tan feliz como cuando tenía un trabajo que no requería pensar en absoluto. Después de lo que parecieron días, había excavado un hoyo que apenas bastaba para su pulgar.

Toc iba y venía sin cesar de acá para allá con el cuentagotas entre los dientes, pero el pozo estaba casi tan lleno como al empezar, y el nuevo montón de arena de Milo apenas merecía tal nombre.

—Qué cosa tan rara —dijo Milo sin parar un momento—. He trabajado sin parar ni un instante y no me siento en absoluto cansado o hambriento. Podría seguir del mismo modo para siempre.

—Quizá lo hagas —convino el apuesto caballero con un bostezo (o algo que al menos sonó como un bostezo).

—Pues me gustaría saber cuánto tiempo me va a llevar —susurró Milo a Toc, que pasaba por su lado.

—¿Por qué no usas tu vara mágica y lo averiguas? —respondió Toc con toda la claridad que le permitió el gotero de ojos que llevaba en la boca.

Milo tomó el brillante lápiz de su bolsillo y calculó rápidamente que, al ritmo con el que trabajaban, les llevaría a cada uno ochocientos treinta y siete años terminar.

—Discúlpeme —dijo, tirándole de una manga al hombre y alzando la hoja con los cálculos para que pudiera verla—, pero vamos a necesitar ochocientos treinta y siete años para hacer estos trabajos.

—¿De verdad? —contestó el hombre sin volverse siquiera—. Bueno, pues entonces lo mejor es que no se detengan ni un momento.

—Pero no parece que valga mucho la pena —dijo Milo con suavidad.

—¡VALER LA PENA! —rugió el hombre con indignación.

—Todo lo que quería decir es que quizá no es demasiado importante —repitió Milo, tratando de no ser descortés.

—Por supuesto que no es importante —refunfuñó, airado—. No te habría pedido que lo hicieras si hubiera pensado que era importante.

Y ahora, cuando se volvió para encararlos, no parecía tan agradable.

—¿Entonces, por qué molestarse? —preguntó Toc, cuyo timbre comenzó a sonar de repente.

—Porque, mis jóvenes amigos —murmuró agriamente—, ¿qué puede ser más importante que hacer cosas insignificantes? Si te detienes en unas cuantas, nunca llegarás a donde quieres.

Puntualizó su último comentario con una risa malvada.

—Entonces usted tiene que ser... —boqueó Milo.

—¡Exacto! —chilló, triunfante—. Soy el Terrible Trivial,

demonio de tareas insignificantes y trabajos inservibles, ogro del esfuerzo derrochado y monstruo del hábito.

El Embaucador dejó caer su aguja y lo miró con cara de incredulidad, mientras Milo y Toc comenzaban a retroceder lentamente.

—No intenten marcharse —ordenó con un ademán amenazador de su brazo—, porque hay mucho que hacer y aún les quedan más de ochocientos años para terminar la primera tarea.

—¿Pero por qué sólo cosas insignificantes? —preguntó Milo, que se acordó súbitamente de cuánto tiempo le quitaban cada día.

—Piensen en todos los problemas que ahorra —añadió el hombre; su cara parecía contraída en una mueca maligna, como si fuera capaz de hacer alguna clase de mueca—. Si sólo haces las cosas fáciles e inútiles, nunca tendrás que preocuparte por las importantes, tan difíciles. Sencillamente no tendrás tiempo. Siempre habrá algo que hacer que te impedirá hacer lo que realmente deberías estar haciendo y, si no fuera por esa terrible vara mágica, nunca habrías sabido cuánto tiempo estabas derrochando.

Mientras hablaba, se fue acercando a ellos de puntillas con los brazos extendidos, y siguió susurrando con una voz dulce y falaz:

—Quédense aquí conmigo. Vamos a divertirnos un montón, porque hay cosas que llenar y cosas que vaciar, cosas que llevar y cosas que traer, cosas que recoger y cosas que abandonar, y, además, lápices que afilar, hoyos que cavar, clavos que enderezar, sellos que pegar, y mucho, muchísimo más. Si se quedan, nunca necesitarán volver a pensar, y con un poco de práctica también podrán llegar a ser unos monstruos del hábito.

Estaban como hipnotizados por la insinuante voz de Trivial, pero justo cuando iba a agarrarlos con sus bien manicurados dedos una voz gritó:

—¡CORRAN! ¡CORRAN!

Milo, que pensó que era Toc, se volvió de repente y se lanzó sendero arriba.

—¡CORRE! ¡CORRE! —volvió a gritar, y esta vez Toc pensó que era Milo y rápidamente lo siguió.

—¡CORRE! ¡CORRE! —urgió una vez más, y ahora el Embaucador, al que le daba igual quién lo dijera, corrió desesperadamente detrás de sus dos amigos, con el Terrible Trivial pisándoles los talones.

—¡Por aquí! ¡Por aquí! —dijo la voz.

Se volvieron en su dirección intentando subir todos a la vez por las resbaladizas rocas: cada metro que ganaban perdían medio resbalándose hacia atrás.

Con gran esfuerzo y la ayuda de las zarpas de Toc, alcanzaron por fin la cima del último pico, pero sólo dos pasos por delante del furioso Trivial.

—¡Por este lado! ¡Por este lado! —indicaba la voz.

Y, sin un momento de vacilación, se metieron en un charco de lodo viscoso, que les llegó rápidamente hasta el tobillo, luego hasta la rodilla, después hasta la cadera, hasta que por fin se encontraron luchando por abrirse paso en lo que parecía una piscina de mantequilla que les llegaba a la cintura.

El Trivial, que había descubierto un montículo de guijarros que necesitaban ser contados, no los siguió más, sino que se detuvo en la orilla agitando el puño, vociferando horribles amenazas y prometiendo que les echaría encima hasta el último demonio de las montañas.

—¡Qué tipo más repugnante! —jadeó Milo, que tenía grandes dificultades simplemente para mover las piernas—. Espero no volver a encontrármelo nunca.

—Creo que ha dejado de perseguirnos —dijo el insecto, mirando por encima del hombro.

—No es lo que está detrás lo que me preocupa —señaló Toc mientras salían del estanque viscoso—, sino lo que está delante.

—¡Todo recto! ¡Todo recto! —indicaba la voz, mientras avanzaban con todas las precauciones posibles a lo largo del nuevo sendero—. ¡Arriba! ¡Arriba! —seguía recomendando.

Y casi antes de que se dieran cuenta, habían dado todos un paso hacia arriba y se habían precipitado hasta el fondo de un foso lóbrego y húmedo.

—¡Pero dijo *arriba*! —se quejó amargamente Milo desde el suelo donde yacía.

—Espero que no crean que van a llegar a algún sitio prestándome atención —dijo la voz con regocijo.

—Nunca saldremos de aquí —gimoteó el Embaucador, mirando las lisas y empinadas paredes del foso.

—Es una evaluación bastante precisa de la situación —dijo la voz fríamente.

—¿Entonces por qué nos ayudó para empezar? —gritó Milo, furioso.

—Oh, haría lo mismo por cualquiera —contestó—; los

malos consejos son mi especialidad. Porque, como pueden ver, soy el monstruo nariz larga, ojos verdes, pelo crespo, boca ancha, cuello grueso, hombros anchos, cuerpo fuerte, brazos cortos, piernas largas y pies grandes y, ya les digo, uno de los demonios más espantosos de estos hostiles baldíos. Conmigo aquí, no se atrevan siquiera a intentar la fuga.

Y, dicho esto, se acercó al borde del foso y miró burlonamente a sus indefensas presas.

Toc y el Embaucador retrocedieron asustados, pero Milo, que ya había aprendido que la gente no siempre es lo que dice ser, sacó el telescopio y le echó una buena ojeada.

Y allí, al borde del hoyo, en vez de lo que había esperado, estaba una pequeña criatura peluda con ojos temerosos y expresión apocada.

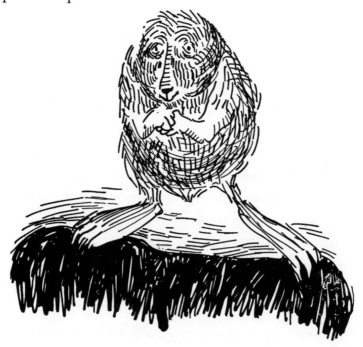

—¡Pues vaya! Para ser el monstruo nariz larga, ojos verdes, pelo crespo, boca ancha, cuello grueso, hombros anchos, cuerpo fuerte, brazos cortos, piernas largas y pies grandes, no asusta lo más mínimo —dijo Milo con indignación—. ¿Qué clase de demonio es usted?

La pequeña criatura, que parecía aturdida por haber sido descubierta, saltó hacia atrás quedando fuera del alcance de la vista y comenzó a lamentarse suavemente.

—Soy el demonio de hipocresía —gimoteó—. No siento lo que digo, no deseo hacer lo que hago y no quiero ser lo que soy. La mayoría de la gente que se cree lo que le cuento va por el mal camino y se queda allí, pero tú y tu horrible telescopio lo han estropeado todo. Me voy a casa.

Y, llorando histéricamente, desapareció con un bufido.

—Compensa sin duda echar una buena mirada a las cosas —declaró Milo, envolviendo el telescopio con gran cuidado.

—Todo lo que tenemos que hacer es trepar y salir de aquí —dijo Toc, poniendo sus zarpas sobre el muro tan altas como le fue posible—. Vamos, salta sobre mi lomo.

Milo se encaramó sobre los hombros del can y el insecto trepó sobre ambos y, apoyándose en la cabeza de Milo, se las arregló para enganchar su bastón a la raíz de un árbol viejo y retorcido. Quejándose mucho, se colgó obstinadamente hasta que los otros dos hubieron subido pasando por encima de él; después lo sacaron a tirones. Llegó arriba algo aturdido y desalentado.

—Abriré la marcha durante un rato —dijo, sacudiéndose el polvo—. Síganme y no nos meteremos en líos.

Los llevó por uno de los cinco estrechos rebordes que

conducían a una meseta de suelo irregular, anfractuosa y aburrida. Se detuvieron un momento para descansar y hacer planes; pero, antes de que hubieran hecho una cosa u otra, la montaña entera tembló violentamente y, con una convulsión súbita, saltó en el aire, llevándolos con ella. Habían tropezado accidentalmente nada menos que con la encallecida mano del Gigante Gelatinoso.

—¡PERO QUÉ TENEMOS AQUÍ! —rugió, mirando con curiosidad a las figuras minúsculas que se apiñaban en su palma, y se relamió.

Incluso sentado era de un tamaño increíble; tenía los cabellos largos y descuidados, ojos saltones y una forma de la que es preferible no hablar. Era en realidad muy semejante a un colosal recipiente de gelatina, pero sin el recipiente.

—¡CÓMO SE ATREVEN A INTERRUMPIR MI SIESTA! —bramó con furia, y la fuerza de su caliente aliento los derribó sobre la mano.

—Lo sentimos muchísimo —dijo Milo mansamente, cuando consiguió recobrarse—, pero creíamos que usted era parte de la montaña.

—Naturalmente —replicó el gigante con voz más normal (que por otra parte era como una explosión)—. Carezco de forma propia, así que intento ser como aquéllo que tengo cerca. En las montañas soy un altivo pico; en la playa, un ancho banco de arena; en el bosque, un encumbrado roble, y en la ciudad soy a veces un elegante edificio de doce pisos. Lo que pasa es que aborrezco hacerme notar; ya saben, no es prudente.

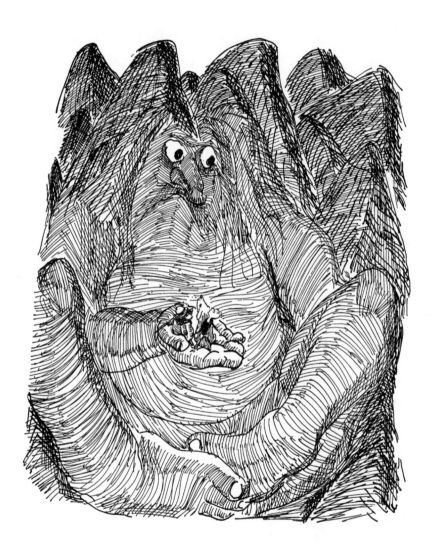

Dicho esto, los miró de nuevo con ojos hambrientos y se preguntó si estarían ricos.

—Parece usted muy grande para ser miedoso —dijo Milo rápidamente, porque el gigante ya empezaba a abrir la bocaza.

—Pues lo soy —dijo, con un pequeño estremecimiento que recorrió todo su gelatinoso cuerpo—. Todo me da miedo: por eso soy tan feroz. Si los demás lo supieran, moriría. Y ahora esténse quietecitos mientras desayuno.

Levantó la mano en dirección a su anhelante boca, y el Embaucador cerró los ojos con fuerza y se cubrió la cabeza con las manos.

—¿Entonces no es usted realmente un demonio temible? —preguntó Milo desesperado, suponiendo que el gigante era lo bastante bien educado para no hablar con la boca llena.

—Bueno, más o menos así es —contestó, bajando el brazo con gran alivio del insecto—, pero podríamos decir que, en comparación, no. Quiero decir que vaya, que relativamente tal vez, o en otras palabras, que apenas muchísimo. ¿Y los demás qué opinan? Vaya, ya lo ves —dijo apocadamente—, temo incluso afirmar algo rotundamente. Dejen por favor de hacerme preguntas o perderé el apetito del todo.

Entonces levantó el brazo de nuevo y se dispuso a zamparse a los tres de un bocado.

—¿Por qué no nos ayuda usted a rescatar a Rima y a Razón? Entonces, quizá mejoren las cosas —gritó Milo de nuevo, esta vez casi demasiado tarde, porque un instante más y habrían desaparecido.

—Oh, yo no haría eso —dijo el gigante pensativamente, bajando el brazo una vez más—. Quiero decir, ¿por qué remover el asunto? Es decir, no saldría bien. Yo no me arriesgaría. En otras palabras, es preferible dejar las cosas como están...; los cambios son tan estresantes...

Mientras hablaba, empezó a tener mal aspecto.

—Quizá sólo me coma a uno de ustedes y deje el resto para luego —señaló con aire desdichado—. No me siento muy bien.

—Se me ha ocurrido algo mejor —dijo Milo.

—¿Sí? —interrumpió el gigante, perdiendo cualquier deseo de comer nada—. Si hay algo que no puedo tragar es una idea: son duras de digerir.

—Tengo una caja llena de todas las ideas del mundo —dijo Milo, levantando orgullosamente el regalo que el rey Azaz le había dado.

El pensamiento aterrorizó al gigante, que comenzó a temblar como un budín enorme.

—¡BÁJAME Y DEJA QUE ME VAYA! —suplicó, olvidando por un momento quién había cogido a quién—. ¡Y, POR FAVOR, NO ABRAS ESA CAJA!

Un instante después los había depositado en el mellado pico que tenía más próximo y, con pánico en los ojos, se dirigió tambaleante a advertir a los demás de la existencia de una nueva y terrible amenaza.

Pero las noticias viajan rápidamente.

El Tuercepalabras, el Trivial y el monstruo nariz larga, ojos verdes, pelo crespo, boca ancha, cuello grueso, hombros anchos, cuerpo fuerte, brazos cortos, piernas largas y pies grandes habían dado la alarma en todas las montañas sombrías y malignas.

Y entonces salieron los demonios, de cada cueva y cada fisura, de cada grieta y cada hondonada, de debajo de las rocas y del lodo, arrastrándose y pisoteando, deslizándose y reptando y atravesando las lóbregas sombras. Y todos tenían un único pensamiento: destruir a los entrometidos y proteger Ignorancia.

Desde donde estaban, Milo, Toc y el Embaucador podían verlos moverse sin descanso, todavía muy lejos, pero acercándose con rapidez. Los acantilados hervían con aquel malvado grupo de formas reptantes, serpenteantes, gateantes y tambaleantes. Algunos se veían con claridad, pero otros eran sólo siluetas opacas y, además, aunque todavía no hacían otra cosa que agitarse en sus sucias guaridas, no tardarían mucho en darles alcance.

—O nos damos prisa —vociferó Toc—, o seguro que nos agarran.

Y comenzó de nuevo a subir por el sendero.

Milo tomó aliento e hizo lo mismo; y el insecto, que ahora tenía claro lo que iba tras ellos, corrió hacia adelante con renovado entusiasmo.

18. El Castillo en el Aire

Continuaron subiendo en busca del castillo y de las dos princesas desterradas, de un pico a otro, de una mellada roca a la siguiente, trepando por acantilados espantosos que se desmoronaban y a lo largo de rebordes desesperadamente estrechos donde un resbalón significaba el último adiós. Un silencio ominoso se abatió sobre ellos como un pesado cortinaje; a excepción del roce de sus pasos frenéticos, allí no había un sonido. El mundo que Milo conocía estaba a un millón de pensamientos de distancia, y a los demonios..., a los demonios se les veía allá a lo lejos.

—¡Nos están alcanzando! —berreó el Embaucador, deseando no haber mirado atrás.

—¡Pero si está allí! —gritó Milo en ese momento, porque todo derecho, subiendo hasta la cumbre del pico más alto, había una etérea escalera en espiral, al final de la cual se erguía el Castillo en el Aire.

—Lo veo, lo veo —dijo el insecto, mientras avanzaba con dificultad por el sendero abrupto y retorcido.

Pero lo que no vio fue que, acurrucado en el primer

escalón, había un rechoncho hombrecillo vestido con chaqué, que dormía pacíficamente sobre un libro muy grande y usado.

Tenía una larga pluma de ave precariamente colocada en la oreja, manchas de tinta distribuidas por manos, cara y ropa, y llevaba el par de anteojos con los cristales más gruesos que Milo hubiera visto nunca.

—Tengan cuidado —susurró Toc cuando alcanzaron al fin la cima, y el Embaucador se encaminó dando saltitos hasta las escaleras y comenzó a subirlas.

—¿¡NOMBRES!? —inquirió el hombrecillo enérgicamente cuando el sobresaltado insecto pisaba el primer escalón.

Se sentó con viveza, aferró el libro, se puso una visera verde y esperó con la pluma suspendida en el aire.

—Bueno, yo… —tartamudeó el insecto.

—¿¡¡NOMBRES!!? —gritó de nuevo, al tiempo que abría el libro por la página 512 y empezaba a escribir con rabia.

La pluma hacía horrorosos ruidos al arañar el papel, y la punta, que se atoraba continuamente, lanzaba minúsculas manchas sobre todo lo que estaba cerca. Según iban diciendo sus nombres, los anotaba con cuidado por orden alfabético.

—Espléndido, espléndido, espléndido —murmuró para sí mismo—. No he tenido una M en siglos.

—¿Para qué quiere nuestros nombres? —preguntó Milo, mirando ansiosamente por encima del hombro—. Tenemos un poquito de prisa.

—No tardaremos nada —aseguró el hombre—. Soy el funcionario Estupefáctor, y hay información que necesito antes de tomar sus sentidos. Pero si me dicen cuándo nacieron, dónde nacieron, por qué nacieron, cuántos años tienen, cuántos años tuvieron, cuántos años tendrán, el nombre de su madre, el nombre de su padre, el nombre de su tía, el nombre de su tío, el nombre de sus primos, dónde viven, cuánto tiempo han vivido allí, a qué colegios han ido, a qué colegios no han ido, sus aficiones, su número de teléfono, su número de pie, su número de camisa, su talla de pantalón, su número de sombrero y los nombres y las direcciones de seis personas que puedan verificar toda esta información, empezaremos. De uno en uno, tengan la bondad; pónganse en fila sin empujar, sin hablar y sin fisgonear.

El Embaucador, al que le costaba horrores recordar cualquier cosa, fue el primero. El hombrecillo consignó cada respuesta en cinco lugares distintos con gestos de satisfacción, haciendo frecuentes pausas para limpiarse las gafas, aclararse la garganta, enderezarse la corbata y sonarse la nariz. Se las arregló también para cubrir de tinta al alterado insecto de arriba abajo.

—¡EL SIGUIENTE! —exigió con aire muy oficial.

—¡Ojalá se diera prisa! —dijo Milo adelantándose, porque veía a lo lejos al primero de los demonios, que empezaba a escalar la montaña hacia ellos, a sólo algunos minutos de distancia.

El hombrecillo, que escribía con dolorosa lentitud, terminó por fin con Milo y con Toc, y levantó la cara satisfecho.

—¿Podemos irnos ya? —preguntó el perro, cuya sensible nariz había captado un tufo repugnante, que se hacía más fuerte por segundos.

—Sin duda —dijo el hombre afablemente—, en cuanto me digan su altura, su peso, el número de libros que leen al año, el número de libros que no leen al año, el tiempo que tardan en comer, jugar, trabajar y dormir cada día, dónde pasan las vacaciones, cuántos helados toman por semana, a qué distancia está su casa de la peluquería y cuál es su color favorito. Además, después de eso, tengan la bondad de rellenar estos formularios y solicitudes por triplicado; y ándense con cuidado, porque, si cometen un error, tendrán que volver a hacerlo todo.

—Ay, Dios mío —dijo Milo, contemplando la pila de papeles—. Nunca los terminaremos.

No había concluido de hablar cuando vieron cómo los demonios subían en manada montaña arriba.

—Vamos, vamos —dijo el Estupefáctor, riéndose regocijado para sí mismo—. No tarden todo el día. Espero nuevos visitantes en cualquier momento.

Se pusieron a trabajar febrilmente en los difíciles formularios, y, cuando los hubieron rellenado, Milo los dejó en el regazo del hombrecillo. Éste les dio las gracias cortésmente, se quitó la visera, se colocó la pluma en la oreja, cerró el libro y se volvió a dormir. El Embaucador echó una mirada horrorizada por encima del hombro y comenzó a subir por las escaleras.

—¿DESTINO? —gritó el Estupefáctor incorporándose de nuevo, poniéndose la visera, cogiendo la pluma que tenía en la oreja y abriendo su libro.

—Pero yo creía... —protestó el asombrado insecto.

—¿DESTINO? —repitió haciendo varias anotaciones en el libro.

—El Castillo en el Aire —dijo Milo con impaciencia.

—¿Por qué molestarse? —dijo el Estupefáctor, señalando a lo lejos—. Me consta que prefieren ver lo que voy a enseñarles.

Cuando pronunció estas palabras todos levantaron la cabeza, pero sólo Milo vio el alegre circo allá lejos, en el horizonte. Había tiendas y casetas y cercados e incluso animales salvajes; todo lo que un muchacho puede pasar horas mirando.

—¿Y a ti no te gustaría un aroma más agradable? —dijo volviéndose hacia Toc.

Casi inmediatamente el perro olfateó un maravilloso perfume que sólo él era capaz de oler. Se componía de todas las fragancias irresistibles que habían llegado alguna vez a su curiosa nariz.

—Y aquí hay algo que sé que te encantará oír —le aseguró al Embaucador.

El insecto estaba escuchando con extasiada atención algo que sólo él oía: los gritos y los aplausos de una enorme multitud que lo vitoreaba.

Permanecieron de pie, como en trance, mirando, oliendo y escuchando las extraordinarias cosas que el Estupefáctor les ofrecía, olvidándose completamente de adónde se dirigían y quién, con malvada intención, los perseguía.

El Estupefáctor se recostó en su asiento con una sonrisa satisfecha en su carita regordeta, mientras los demonios se acercaban más y más, hasta que estuvieron a menos de un minuto de sus víctimas indefensas.

Pero Milo estaba demasiado absorto en el circo para darse cuenta, Toc había cerrado los ojos para olfatear mejor, y el insecto, haciendo reverencias y agitando los brazos, estaba de pie con expresión extática en el rostro, interesado sólo en las clamorosas ovaciones que recibía.

El hombrecillo había hecho bien su trabajo y, a excepción de algunos ominosos ruidos reptantes justo debajo de donde se encontraban, todo estaba silencioso de nuevo. Milo, erguido y con la mirada perdida en la distancia, dejó que la bolsa con sus regalos se deslizara del hombro al suelo. El paquete de sonidos se abrió, llenando el aire con repiqueteos de risas felices, tan alegres, que primero él, luego Toc y por último el Embaucador se unieron a ellas. Y de repente el hechizo se rompió.

—No hay ningún circo —gritó Milo, dándose cuenta de que se habían burlado de él.

—No huele a nada —ladró Toc, mientras su timbre sonaba furiosamente.

—Los aplausos no se oyen —se quejó el Embaucador, desilusionado.

—Se lo advertí, les advertí que era el Estupefáctor —se mofó el Estupefáctor—. Ayudo a la gente a encontrar lo que *no* busca, oír lo que *no* escucha, correr detrás de lo que *no* persigue, y oler lo que *no* existe. Y, además —cacareó, brincando extasiado con sus rechonchas piernas—, les robaré su determinación, les quitaré su sentido del deber, destruiré su sentido de la proporción... y, salvo por una cosa, se quedarán indefensos.

—¿El qué? —preguntó Milo medrosamente.

—Mientras tengan el sonido de la risa —gimió con aire desdichado—, no puedo despojarlos de su sentido del humor y, con él, nada tienen que temer de mí.

—¿Y de ELLOS? —gritó el insecto, aterrorizado porque en ese instante los otros demonios habían alcanzado la cima por fin y brincaban hacia delante para capturarlos.

Corrieron escaleras arriba, pasando por encima del desconsolado Estupefáctor, el libro mayor, la botella de tinta, la visera, y todo lo demás. El Embaucador iba primero, después Toc y por fin Milo, demasiado retrasado, porque una mano escamosa estuvo a punto de cogerle por uno de sus zapatos.

Las peligrosas escaleras se balanceaban vertiginosamente en el aire, y los torpes demonios rehusaron seguir, pero aullaban de saña y furia y juraron sangrienta venganza; muchos pares de ojos como brasas vieron cómo las tres formas pequeñas se desvanecían entre las nubes.

—¡No miren abajo! —advirtió Milo, mientras el insecto se tambaleaba subiendo sobre sus inseguras piernas.

Como un sacacorchos gigante, la escalera se retorcía en la oscuridad, estrecha, abrupta y sin barandilla que los orientara. El viento aullaba cruelmente en un esfuerzo por hacerlos caer, y la niebla les pasó sus pegajosos dedos por la espalda; pero subieron y subieron por el tembloroso tramo, cada uno ayudando a los demás, hasta que al fin las nubes se separaron, la oscuridad desapareció, y un resplandor de áureos rayos de sol calentó su llegada. La puerta del castillo se abrió con suavidad, y pisando una alfombra tan mullida como nieve recién caída entraron en el gran vestíbulo, donde se detuvieron esperando tímidamente.

—Pasen, pasen, por favor; los estábamos esperando —entonaron al unísono dos voces dulces.

En el extremo más alejado del vestíbulo se descorrió una cortina plateada, y dos mujeres jóvenes se adelantaron. Vestían completamente de blanco y su belleza no tenía comparación posible. Una era tranquila y grave, con una mirada de cálida comprensión en los ojos, y la otra parecía hecha de regocijo y alegría.

—Usted debe ser la princesa Razón Pura —dijo Milo, inclinándose ante la primera.

Ella contestó simplemente:

—Sí —y no necesitó decir más.

—Entonces usted es Dulce Rima —agregó Milo, dirigiéndose a la otra con una sonrisa.

Los ojos de la princesa resplandecieron y contestó con una risa tan amistosa como la llamada del cartero cuando tiene carta para ti.

—Hemos venido a rescatarlas —explicó Milo muy serio.

—Y los demonios vienen pisándonos los talones —dijo el Embaucador, preocupado y todavía tembloroso por su reciente aventura.

—Deberíamos marcharnos ahora mismo —sugirió Toc.

—Oh, no se atreverán a llegar hasta aquí —dijo Razón suavemente—, y pronto seremos suficientes allá abajo.

—¿Por qué no se sientan un momento y descansan? —sugirió Rima—. Estoy segura de que están agotados. ¿Han viajado durante mucho tiempo?

—Días —suspiró el perro, exhausto, acurrucándose sobre un cojín grande y blando.

—Semanas —corrigió el insecto, dejándose caer sobre un sillón cómodo y profundo, o así le pareció.

—Ha *sido* un viaje largo —dijo Milo, encaramándose

al sofá donde se sentaban las princesas—; pero habríamos llegado mucho antes si yo no hubiera cometido tantas equivocaciones. Me temo que todo sea culpa mía.

—Nunca debes sentirte mal por los errores cometidos —explicó Razón sosegadamente—, si te tomas la molestia de aprender de ellos. A menudo se aprende más equivocándose con razón que acertando sin ella.

—Pero hay *tanto* que aprender —respondió Milo, frunciendo el entrecejo pensativamente.

—Sí, es cierto —admitió Rima—, pero lo importante no es sólo aprender cosas. Lo que importa verdaderamente es aprender qué hacer con lo aprendido y comprender por qué se aprende.

—Justo lo que quería decir —explicó Milo, mientras Toc y el insecto, exhaustos, se adormilaban tranquilamente—. Muchas de las cosas que se supone que sé, parecen tan inútiles que no me imagino qué sentido tiene aprenderlas.

—Quizá no lo entiendas ahora —dijo la princesa Razón Pura, mirando a la confundida cara de Milo con expresión de saber muy bien lo que se decía—, pero todo lo que aprendemos tiene un sentido, y todo lo que hacemos tiene efectos sobre todas las cosas y todos los demás, aun del modo más imperceptible. Mira, cuando una mosca mueve las alas, una brisa recorre el mundo; cuando una mota de polvo cae al suelo, el planeta pesa un poco más; y cuando das un golpe con el pie, la tierra se desvía levísimamente de su curso. Cuando te ríes, la alegría se extiende como las ondas en la superficie de un estanque, y cuando estás triste, nadie, dondequiera que esté, puede ser realmente feliz.

Algo muy parecido sucede con el conocimiento, porque cuando aprendes algo nuevo, el mundo entero adquiere esa porción extra de riqueza.

—Y recuerda también —añadió la princesa Dulce Rima— que muchos lugares que te gustaría ver están fuera del mapa, y muchas cosas que deseas saber no están a la vista o quedan un poco fuera de tu alcance. Pero algún día llegarás a todos, porque lo que aprendas hoy, y sin razón alguna para ello, te ayudará a descubrir todos los maravillosos secretos del mañana.

—Creo que comprendo —dijo Milo, lleno aún de preguntas e ideas—, pero ¿qué es más importante...?

En ese momento la conversación fue interrumpida por un lejano sonido como de tala. Con cada golpe fuerte, la sala entera y todo lo que contenía se sacudía y temblaba. Abajo, en el lóbrego pico, los demonios se afanaban cortando la escalera con hachas, martillos y sierras. Al poco tiempo la estructura entera se derrumbó con un choque tremendo, y el Embaucador, sobresaltado, se puso en pie de un salto justo a tiempo para ver el castillo, que, lentamente, flotaba sin rumbo en el espacio.

—Nos movemos —gritó, un hecho ya evidente para todos.

—Me parece que lo mejor que podríamos hacer es marcharnos —dijo Rima suavemente, y Razón convino con un cabeceo.

—¿Pero cómo bajaremos? —gruñó el Embaucador, mirando los restos de la escalera—. No tenemos nada que haga las veces de escalera, y cada segundo que pasa nos elevamos más.

—Bueno, el tiempo vuela, ¿no? —preguntó Milo.

—A menudo —ladró Toc, saltando ansiosamente a sus pies—. Yo los bajaré a todos.

—¿Podrás llevarnos a todos? —inquirió el insecto.

—Si no es muy lejos —dijo el perro, pensativo—. Las princesas pueden subirse a mi espalda, Milo, cogerse de mi rabo, y tú, colgarte de sus tobillos.

—¿Pero qué será del Castillo en el Aire? —objetó el insecto, no demasiado complacido con el arreglo.

—Que se pierda a lo lejos —respondió Rima.

—Y que le vaya bien —añadió Razón—, porque, con todas sus bellezas, no deja de ser una cárcel.

Toc retrocedió entonces tres pasos y, tomando impulso, atravesó la ventana de un salto con todos sus pasajeros e inició el largo planeo descendente. Las princesas se sentaban impávidas y erguidas, Milo se sujetaba lo mejor que podía y el insecto oscilaba locamente, como la cola de un papalote. Se zambulleron en la oscuridad, camino de las montañas y de los monstruos que los esperaban abajo.

19. El regreso de Rima y Razón

Dejaron atrás tres de los picos más altos y, pasando sobre los anhelantes brazos extendidos de los demonios, llegaron al suelo y aterrizaron con un impacto súbito.

—¡Rápido! —urgió Toc—. ¡Síganme! ¡Tenemos que huir!

Con las princesas todavía sobre el lomo, bajó al galope por el rocoso sendero, y lo hizo, sin duda, en el momento preciso. Porque, estremeciendo la ladera entre una nube de polvo suspendido y un coro de chillidos escalofriantes, venían todas las criaturas aborrecibles que habían escogido vivir en Ignorancia y que los habían esperado con tanta impaciencia.

Espesas nubes negras colgaban pesadamente sobre ellos mientras huían en la oscuridad, y Milo, que miró hacia atrás sólo un momento, pudo ver formas abominables que se acercaban más y más. Justo a la izquierda, y no muy lejos, estaban los Tres Demonios del Consenso: uno, alto y delgado; otro, bajo y rechoncho, y el tercero, exactamente como los otros dos. Como siempre, se movían en círculos ominosos, porque, si uno decía "aquí", el otro decía "allí", y el tercero estaba perfectamente de acuerdo con ambos. Y, como siempre resolvían sus diferencias haciendo lo que ninguno realmente quería, rara vez llegaban a parte alguna, ni lo hacía nadie con quien se encontraran.

Saltando con torpeza de piedra en piedra y agarrándose donde podía con sus crueles garras curvas, estaba el horroroso Saltero Vistatrás, un ser de verdad desagradable, con los ojos en la retaguardia y la retaguardia en la parte de delante. Invariablemente saltaba antes de mirar y nunca le importaba a dónde iba mientras supiera por qué no debería haber ido a donde había estado.

Y, justo detrás, lo más espantoso de todo, avanzando centímetro a centímetro como babosas gigantes, con ojos ardientes y húmedas bocas ansiosas, venían las Gorgonas de Odio y Malicia, dejando tras ellas una pista de baba y moviéndose con más rapidez de lo que parecía posible.

—¡MÁS RÁPIDO! —gritó Toc—. ¡Se nos acercan!

Bajaron a la carrera: el Embaucador, sujetándose el sombrero con una mano y agitando desesperadamente en el aire la otra; Milo, corriendo como no lo había hecho nunca; y los demonios, un poco más deprisa que eso.

Por la derecha llegó, hablando sin cesar, Apabullo Losetodo, con su pesado cuerpo bulboso tambaleándose peligrosamente sobre patas de araña que apenas lo sostenían. Era un demonio horripilante, casi todo boca, preparado siempre para dar información errónea sobre casi cualquier cosa. Y, si bien con frecuencia se caía con gran pesadez, nunca era él quien se hacía daño, sino más bien el infortunado sobre el que se desplomaba.

Muy cerca, pero algo retrasado, venía el Exageronto, cuyos grotescos rasgos y sus desagradables modales eran horrendos de ver, y cuyas filas de malvados dientes sólo servían para destrozar la verdad. Cazaban juntos, y mala suerte para quienes cogían.

Cabalgando encima de quien quisiera llevarla iba la Debilexcusa, figura pequeña y patética vestida con andrajos, que mascullaba las mismas cosas una y otra vez, en voz baja y penetrante: "Bueno he estado enferma pero la página fue arrancada, perdí el camión, pero nadie más lo perdió. He estado enferma pero la página fue arrancada, perdí el camión, pero nadie más lo perdió". Parecía bastante inofensiva y educada, pero, si te cogía por banda, era muy difícil librarse de ella.

Se acercaban más y más, golpeándose y sacudiéndose unos a otros, arañando y bufando en su furia ávida. Toc avanzaba tambaleándose bravamente con Rima y Razón en el lomo, Milo sentía que los pulmones iban a estallarle, y el Embaucador, que no podía con su alma, iba cayéndose por detrás. Al irse aproximando a la base de la montaña y acercarse a Sabiduría, el sendero se hizo más ancho y más llano; delante estaban la luz y la seguridad, pero tal vez un poquito demasiado lejos.

Y los demonios llegaban desde todas partes, furiosas criaturas de oscuridad que trastabillaban enloquecidas hacia sus presas. Desde la retaguardia, el Terrible Trivial y el Gigante Gelatinoso los azuzaban regocijados. Y embistiendo con torpeza hizo acto de presencia el feo Dilema, resoplando columnas de vapor y buscando atentamente alguien a quien embestir con sus largos cuernos puntiagudos, mientras sus cascos herían nerviosos el suelo.

El Embaucador, exhausto, se ladeó y se tambaleó sobre

unas piernas que parecían de goma; en sus ojos angustiados se leía una mirada de desesperación.

—No creo que pueda... —exclamó, mientras la serrada línea de un relámpago desgarraba el cielo y el trueno cubría sus palabras.

Con sus presas casi al alcance de la mano, los demonios cobraron renovadas fuerzas al sentir que la frenética persecución tocaba a su fin. Se agruparon para el salto definitivo, dispuestos a engullir primero al insecto, luego al muchacho, y por fin al can y a sus dos pasajeras. Se alzaron como si fueran uno y...

De repente se detuvieron, como si se hubieran congelado en medio del aire, incapaces de moverse, mirando hacia adelante con los ojos desorbitados de terror.

Milo levantó despacio la cansada cabeza, y allí en el horizonte, lejanos pero visibles, aguardaban los ejércitos de Sabiduría, con el sol destellando en sus espadas y sus escudos y con sus brillantes estandartes ondeando orgullosamente en la brisa.

Durante un instante todo fue silencio. Entonces sonaron mil trompetas, y después mil más, y, como una ola, la larga línea de jinetes avanzó, despacio primero, después más y más rápido, hasta que al galope y profiriendo gritos amenazadores, que sonaban como música en los oídos de Milo, se precipitaron en masa hacia los horrorizados demonios.

Allí, en primera línea, estaba el rey Azaz, con su deslumbrante armadura embellecida con las letras del alfabeto y,

junto a él, el Matemago, que blandía una vara recién afilada. Desde su diminuta carreta, el doctor Malsueno lanzaba
explosión tras explosión para delicia de la Guardasonidos,
mientras el inquieto RELAJÍN las recogía casi de inmediato.
Y, haciendo honor a la ocasión, Croma el Grande dirigía
su orquesta emitiendo una exhibición polícroma de colores
patrióticos. Todos a los que Milo había encontrado durante
su viaje habían venido a echar una mano: la gente del
mercado, los mineros de Digitópolis y todos los buenos
habitantes del valle y del bosque.

La Ortoabeja zumbó agitadamente por encima de sus
cabezas gritando:

—¡A la carga, c-a-r-g-a! ¡A la carga, c-a-r-g-a!

Todopuedo, que, como todos sabían, era tan cobarde
como se puede, vino desde Conclusiones para demostrar
que también él era un valiente. Hasta el oficial Boleta
galopaba muy serio montado orgullosamente sobre un
largo perro salchicha.

Presas del miedo, los monstruos de Ignorancia se dieron
a la fuga y, con gritos de agonía demasiado horrorosos para
olvidarlos nunca, regresaron a los lugares oscuros y húmedos de los que habían salido. El Embaucador soltó un gran
suspiro de alivio, y Milo y las princesas se dispusieron a
saludar al ejército victorioso.

—¡Bien hecho! —declaró el duque de Definición,
desmontando y asiendo la mano de Milo cordialmente.

—Un trabajo fino —secundó el ministro de Significado.

—Desempeño excelente —agregó el conde de
Connotación.

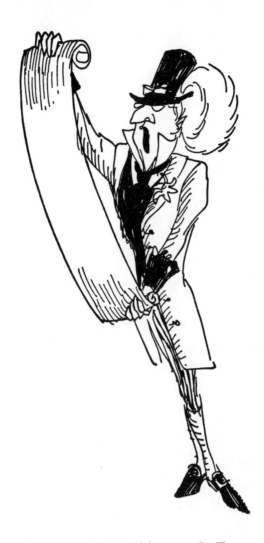

—Felicitaciones —añadió el barón de Esencia.

—¡HURRA! —sugirió el subsecretario de Comprensión.

Y, como era exactamente lo que todos tenían ganas de hacer, todos prorrumpieron en hurras y vítores.

—Somos nosotros quienes debemos agradecerles... —comenzó Milo cuando el griterío se hubo acallado, pero, antes de que él pudiera concluir, habían desenrollado un enorme pergamino.

Y, con fanfarria de trompetas y tambores, declararon por turno que:

De ahora en adelante

y por la presente,

sea por todos sabido

que Rima y Razón

vuelven a reinar en Sabiduría.

Las dos princesas se inclinaron en agradecimiento y besaron cálidamente a sus hermanos, y todos convinieron en que había sucedido algo muy hermoso.

Y decimos más:

que el chico de nombre Milo,

el perro conocido por Toc

y el insecto al que desde ahora llamaremos Embaucador

son por ésta declarados

héroes del reino.

El aire se llenó de vítores, e incluso el insecto pareció un poco azorado por ser el centro de tanta atención.

Por consiguiente —concluyó el duque—, *en honor de sus gloriosas gestas, se declara fiesta en el reino. Que haya desfiles en todas las ciudades y pueblos y se celebre un carnaval de gala de tres días de duración con juegos, justas, festines y torneos.*

Dicho esto, los cinco miembros del gabinete enrollaron el pergamino y, con muchas venias, reverencias y floreos, se retiraron.

Veloces jinetes llevaron la noticia a cada rincón del reino, y el desfile avanzaba lentamente llegando hasta los confines mismos de Sabiduría; muchedumbres jubilosas lo acompañaron en todo su recorrido. Colgaban guirnaldas en todas las casas y comercios y alfombras de flores cubrían las calles. Hasta el aire rezumaba excitación, y contraventanas cerradas desde hacía muchos años se abrían para que el sol brillante entrara allí donde no había llegado en lustros.

Milo, Toc y el muy subyugado Embaucador se sentaron orgullosamente en el carro real con Azaz, el Matemago y las dos princesas: el desfile se prolongaba a lo largo de millas en ambas direcciones.

Como los vítores proseguían, Rima se inclinó hacia delante y tocó con suavidad el brazo de Milo.

—Gritan por ti —dijo con una sonrisa.

—Pero jamás lo habría conseguido sin la ayuda de los demás —objetó Milo.

—Tal vez sea así —dijo Razón gravemente—, pero tuviste el coraje de intentarlo y, con mucha frecuencia, lo que puedes hacer es sencillamente lo que *quieres* hacer.

—Ésa es la razón —dijo Azaz— por la que había una cosa muy importante que no podíamos decirte hasta que volvieras.

—Ya recuerdo —dijo Milo ansiosamente—. Cuéntenmelo ahora.

—Era imposible —dijo el rey, mirando al Matemago.

—Completamente imposible —dijo el Matemago, mirando al rey.

—Quiere decir... —tartamudeó el insecto, quien de repente se había sentido algo mareado.

—Sí, desde luego —repitieron a coro—, pero si te lo hubiéramos contado tal vez no te habrías ido y, tal como has descubierto, hay tantas cosas que son posibles si no sabes que son imposibles…

Milo no profirió sonido alguno durante el resto del trayecto.

Por fin, cuando hubieron llegado a una vasta explanada a medio camino entre Diccionópolis y Digitópolis, algo a la derecha del Valle del Sonido y un poco a la izquierda del Bosque de las Vistas, la línea larga de carros y jinetes se detuvo, y comenzó el gran carnaval.

Se levantaron por doquier pabellones y carpas de colores alegres; los trabajadores se afanaban como hormigas. En unos minutos hubo circuitos de carreras y auditorios, espectáculos y casetas donde tomar un refrigerio, campos de juego, tómbolas, estandartes y bullicio sin pausa.

El Matemago ofreció un espectáculo ininterrumpido de brillante pirotecnia consistente en números que explotaban, se multiplicaban y se dividían con resultados que te dejaban sin aliento; los colores, por supuesto, los suministraba Croma, y un delirantemente feliz doctor Malsueno se encargaba del ruido. Gracias a la Guardasonidos había música y risas y, durante lapsos muy breves, incluso un poco de silencio.

Alec Bings instaló un enorme telescopio e invitó a todos a ver el otro lado de la luna, y el Embaucador vagaba entre la muchedumbre aceptando felicitaciones y enhorabuenas, narrando y volviendo a narrar con gran detalle sus proezas, la mayoría de las cuales ganaban inmensamente con el recuento.

Y cada tarde, a la puesta del sol, se celebraba un banquete

real con todos los manjares imaginables. El rey Azaz había ordenado un abastecimiento especial de palabras deliciosas en todos los sabores y, para quienes gustaban de los alimentos exóticos, había también en todos los idiomas. El Matemago había aportado innumerables fuentes de multiplicandos, que Milo evitaba cuidadosamente porque, por muchos que uno comiera, cuando se terminaba siempre quedaba en el plato más que cuando se había comenzado.

Y, por supuesto, después del banquete había canciones, poemas épicos y discursos en alabanza de las princesas y de los tres gallardos aventureros que las habían rescatado. El rey Azaz y el Matemago acordaron que todos los años por aquellas fechas conducirían sus ejércitos a las montañas de Ignorancia hasta que no quedara un solo demonio, y todos convinieron en que jamás se había celebrado en Sabiduría mejor carnaval por mejor motivo.

Pero hasta las mejores cosas deben terminar alguna vez, y a última hora del tercer día las carpas se desmontaron, los pabellones se plegaron y todo quedó preparado para la partida.

—Es hora de irse —dijo Razón—, porque hay mucho que hacer.

Escuchándola, Milo se acordó de pronto de su casa. Deseaba fervientemente volver, pero no podía soportar la idea de marcharse.

—Tienes que decir adiós —añadió Rima, dándole un suave golpecito en la mejilla.

—¿A todos? —dijo Milo con aire desdichado.

Recorrió con la vista, despacio, todos los amigos que había hecho, y miró muy intensamente para no olvidarse de ninguno de ellos ni siquiera por un instante. Pero sobre todo miró a Toc y al Embaucador, con quienes había compartido tantos riesgos, peligros, miedos, temores y, lo mejor de todo, la victoria. Nadie tuvo nunca dos compañeros más leales.

—¿No pueden venir conmigo? —preguntó, sabiendo que esa pregunta sólo tenía una respuesta.

—Me temo que no, compañero —contestó el insecto—. Me gustaría, pero me he comprometido a una gira de conferencias que me mantendrán ocupado durante los próximos años.

—Y aquí necesitan un Cronocán —ladró Toc tristemente.

Milo abrazó al insecto, al que, de la forma más típica, se le oyó mascullar un áspero "Bah", pero sus húmedos ojos contaban una historia muy distinta. Entonces el muchacho echó los brazos alrededor del pescuezo de Toc y lo estrechó con todas sus fuerzas durante unos momentos.

—Gracias por todo lo que me han enseñado —dijo Milo a todos, mientras una lágrima corría por su mejilla.

—Gracias a ti por todo lo que nos has enseñado —dijo el rey.

Con unas palmadas hizo que trajeran el auto de Milo, que habían limpiado y relucía como si fuera nuevo.

Milo subió a él y con una última mirada lo puso en marcha, mientras todo el mundo lo despedía y le deseaba buen viaje.

—¡Adiós! —gritó—. ¡Adiós! ¡Volveré!

—¡Adiós! —contestó Azaz—. ¡Recuerda siempre la importancia de las palabras!

—¡Y de los números! —agregó el Matemago con energía.

—¿No pensarás que los números son tan importantes como las palabras? —oyó que Azaz gritaba a lo lejos.

—¿No es así? —contestó el Matemago un poco más débilmente—. Pues vaya, si...

"Caray", pensó Milo; "en verdad espero que no enpiecen de nuevo".

Unos momentos después las vueltas y los vaivenes del camino hicieron que los perdiera de vista: Milo volvía a casa.

20. Adiós y hola

Mientras la hermosa campiña pasaba como un relámpago y el viento silbaba una melodía en el parabrisas, se le ocurrió a Milo de repente que debía de haber estado fuera semanas.

"Espero que nadie se haya preocupado", pensó Milo al acelerar el auto, "nunca me he alejado tanto tiempo".

La soleada tarde había pasado ahora de un vívido amarillo a un cálido naranja, y parecía casi tan cansada como él. El camino avanzaba describiendo una serie de curvas suaves que empezaban a resultarle familiares, y a lo lejos, aliviado, divisó la solitaria caseta. En unos minutos llegó al final de su viaje, depositó su moneda y atravesó el peaje. Casi antes de darse cuenta estaba otra vez sentado en su habitación.

—Sólo son las seis —observó con un bostezo.

Y un momento después hizo un descubrimiento aún más interesante:

—¡Y todavía es hoy! ¡Sólo he estado fuera una hora! —gritó, asombrado, porque nunca había sabido cuánto era posible hacer en tan corto tiempo.

Milo estaba demasiado cansado para hablar y casi demasiado cansado para cenar, tanto que, sin un murmullo, se fue a la cama tan pronto como pudo. Se cubrió con las mantas, echó una última mirada a su habitación —que parecía muy diferente a como la recordaba— y se sumergió en un sueño profundo y grato.

Al día siguiente, las clases en la escuela transcurrieron rápidamente; pero no con la velocidad suficiente, porque la mente de Milo estaba llena de planes y sus ojos no veían más que la caseta y lo que esperaba más allá. Aguardó con impaciencia a que la última clase concluyera, y cuando por fin llegó la hora, sus pies siguieron a la carrera a sus pensamientos durante todo el camino de vuelta a casa.

—¡Otro viaje! ¡Otro viaje! Saldré ahora mismo. Se pondrán contentísimos de verme y yo...

Se detuvo de golpe frente a la puerta de su cuarto, pero donde la caseta había estado la noche anterior ahora no había nada en absoluto.

Buscó frenéticamente por todas partes, pero se había desvanecido de modo tan misterioso como había llegado; en su lugar encontró otro sobre azul brillante que decía sencillamente: "PARA MILO, QUE AHORA CONOCE EL CAMINO".

Lo abrió al momento y leyó:

"Querido Milo:

Has completado el viaje, cortesía de la caseta mágica. Confiamos en que todo haya sido satisfactorio, y tenemos la esperanza de que comprendas por qué hemos venido a recogerla. Ya ves, hay muchos niños y niñas que también quieren usarla.

"Es cierto que hay muchas tierras que aún tienes que visitar (algunas ni siquiera están en el mapa) y muchas maravillas que ver (que nadie ha imaginado todavía), pero tenemos la seguridad de que, si realmente quieres, encontrarás una manera de llegar a ellas sin ayuda.

Sinceramente,"

La firma, borrosa, era ilegible.

Milo caminó tristemente hasta la ventana y se acurrucó en una esquina del sillón grande. Se sentía muy solo y abatido, y sus pensamientos volaron muy lejos: al tonto pero adorable insecto; a la consoladora presencia de Toc, siempre tan próximo; al errático, excitable RELAJÍN; al pequeño Alec, que, esperaba, llegaría algún día al suelo; a Rima y a Razón, sin quienes Sabiduría se habría marchitado, y a los muchos, muchos otros que recordaría siempre.

Y, sin embargo, mientras pensaba en todas estas cosas, observó que el cielo adquiría un bello matiz de azul y que había una nube en forma de velero. En los árboles despuntaban pálidos brotes jóvenes y las hojas eran de un intenso verde profundo. Al otro lado de la ventana había tanto que ver, y oír, y tocar..., caminos que recorrer, colinas que ascender, orugas para mirar mientras se desplazaban por el jardín. Había voces que oír, asombrosas conversaciones que escuchar, y el olor especial de cada día.

Y, en la misma habitación donde se sentaba, había libros que podían llevarlo a donde él quisiera, y cosas que inventar, y hacer, y construir, y romper, y la excitación y la magia de cuanto no sabía: música que tocar, canciones que cantar y mundos imaginarios que algún día se harían verdaderos. Sus pensamientos iban de una posibilidad a otra, mientras todo cobraba un aire renovado y digno de intentarse.

—En fin, me *gustaría* hacer otro viaje —dijo, poniéndose en pie de un salto—, pero la verdad es que no sé cuándo tendré tiempo. Hay tantísimas cosas que hacer aquí...